U0829457

星/新/一/脑/洞/小/说/集

人 造 美 人

[日本] 星新一 著
赵建军 译

译林出版社

图书在版编目（CIP）数据

人造美人 ：星新一脑洞小说集 /（日）星新一著；
赵建军译. —南京：译林出版社，2021.7
（译林幻系列）
ISBN 978-7-5447-8681-2

I.①人… II.①星… ②赵… III.①幻想小说 - 小
说集 - 日本 - 现代 IV.①I313.45

中国版本图书馆 CIP 数据核字（2021）第 073325 号

"Bokko-chan", "Raihôsha", "Tsuki Keikaku", "Fuyu no Chô", "Seikatsu Iji Shô" were published in Bokko-chan in 1971 by SHINCHOSHA Publishing Co., Ltd., Tokyo
"Kakunin" was published in Kabocha no Basha in 1973 by SHINCHOSHA Publishing Co., Ltd., Tokyo
"Kôun no Beru", "Risôteki Hambaihô" were published in Gogo no Kyôryû in 1977 by SHINCHOSHA Publishing Co., Ltd., Tokyo
"Shukumei", "Chigai", "Hisoka na Tanoshimi", "Chôsei", "Ôsetsushitsu" were published in Mai Kokka in 1976 by SHINCHOSHA Publishing Co., Ltd., Tokyo
"Mondai na Sôchi", "Senden no Jidai" were published in Dareka-san no Akumu in 1981 by SHINCHOSHA Publishing Co., Ltd., Tokyo
"Urusai Uwayaku" was published in Dokoka no Jiken in 1986 by SHINCHOSHA Publishing Co., Ltd., Tokyo
"Atama no Ôkina Robot", "Atarashigariya", "Kachi Kensaki" were published in Mirai Isoppu in 1982 by SHINCHOSHA Publishing Co., Ltd., Tokyo
"Ai no Sayô", "Daiichibu Daiikkachô", "Shimpo", "Hai", "Atarashii Sôchi", "Enkyori Tsûkin Jidai", "Jishin ni Michita Seikatsu" were published in Hitonigiri no Mirai in 1980 by SHINCHOSHA Publishing Co., Ltd., Tokyo
"Henna Shinnyûsha", "Kami" were published in Chiguhagu na Buhin in 1972 by Kadokawa Corporation, Tokyo
"Horerareta Otoko" were published in Okashina Senzo in 2008 by Kadokawa Corporation, Tokyo
"Tonari no Katei", "Yukitodoita Seikatsu", "Eru-shi no Saigo" were published in Akuma no Iru Tengoku in 1975 by SHINCHOSHA Publishing Co., Ltd., Tokyo
"Kimagure Robot", "Yoru no Jiken" were published in Kimagure Robot in 1972 by Kadokawa Corporation, Tokyo
"Atarashii Shachô", "Kanjô TV", "Muryô no Denwaki" were published in Tôzoku Gaisha in 1985 by SHINCHOSHA Publishing Co., Ltd., Tokyo
"Aji Radio", "Ningenteki" were published in Môsô Ginkô in 1978 by SHINCHOSHA Publishing Co., Ltd., Tokyo

Simplified Chinese translation rights arranged with The Hoshi Library
through Japan Foreign-Rights Centre/Bardon-Chinese Media Agency
中文简体字版权归上海高谈文化传播有限公司所有

著作权合同登记号　图字：10-2021-296号

人造美人　[日本] 星新一 / 著　赵建军 / 译

责任编辑　赵　奕
特约编辑　张紫毫　宣慧敏
装帧设计　薛　芳　叶金龙
校　　对　蒋　燕　戴小娥
责任印制　单　莉

出版发行　译林出版社
地　　址　南京市湖南路 1 号 A 楼
邮　　箱　yilin@yilin.com
网　　址　www.yilin.com
市场热线　025-86633278
排　　版　南京展望文化发展有限公司
印　　刷　安徽新华印刷股份有限公司
开　　本　880 毫米 × 1230 毫米 1/32
印　　张　8.25
版　　次　2021 年 7 月第 1 版
印　　次　2021 年 7 月第 1 次印刷
书　　号　ISBN 978-7-5447-8681-2
定　　价　45.00 元

版权所有 · 侵权必究

译林版图书若有印装错误可向出版社调换。质量热线：025-83658316

星新一（1926.9.6—1997.12.30）

ほし しんいち

1926年，出生于日本东京本乡区（今东京文京区）。

先后就读于东京女子高等师范附小（今御茶水女子大学附小）、东京高等师范附中（今筑波大学附中）、东京大学农学部农艺化学系。

1948年，大学毕业后进入东京大学研究生院进修。

1949年，在业余爱好者创办的杂志上发表处女作《狐狸的叹息》。

1951年，父亲星一突然病逝，被迫从研究生院退学，接管父亲的制药公司。

公司转手后一度患病，曾在病床上读雷·布雷德伯里的《火星纪事》并深受影响。

1956年，加入“飞碟研究会”，会员还有三岛由纪夫等人。

1957年，首次以“星新一”为笔名发表作品。

同年，与在“飞碟研究会”认识的柴野拓美创办科幻同人志《宇宙尘》。

同年，作品《高潮诱发器》被由江户川乱步主编的推理小说杂志《宝石》转载，从此步入文坛。

1958年，在《宇宙尘》第二期发表了科幻处女作《人造美人》。

1960 年，《雨》《弱点》《饭前的授课》《诚信的产品》《诱拐》《生活维持省》六篇作品入围“直木奖”。

1961 年，在新潮社出版第一部短篇小说集《人造美人》。

同年，与小牧芭蕾舞团的女演员村尾香代子结婚。

1962 年，短篇小说集《人造美人》、短篇小说集《你好，地球人》、短篇小说集《恶魔天国》入围第 15 届“日本推理作家协会奖”。

1963 年，女儿玛丽娜出生。

同年，加入日本科幻作家俱乐部。

1965 年，长篇小说《梦魔的目标》入围第 18 届“日本推理作家协会奖”。

1968 年 3 月，短篇小说《妄想银行》获得第 21 届“日本推理作家协会奖”。

1974 年，在新潮社出版了《星新一作品集》，达十八卷之多。

1980 年，担任“日本推理作家协会奖”的评审。

1981 年，访问中国东北地区。这一年前后，与我国著名作家叶永烈有过多次书信往来。

1983 年，创作的短篇小说达到 1 001 篇，之后因为健康状况，创作急剧减少。

1993 年，宣布停笔。

1994 年，因口腔癌入院手术。

1997 年 12 月 30 日，因肺炎病逝于东京，享年 71 岁。

1998 年，为了表彰他的成就，日本科幻作家俱乐部追颁“日本科幻小说大奖”特别奖。

2013 年，日本经济新闻社设立“星新一奖”，旨在发掘日本优秀微型科幻小说。

“意中生羽翼，笔下起风云”

——日本科幻小说三巨匠之一星新一

丁丁虫（科幻文学阅读推广人）

星新一，本名星亲一，他还有个弟弟名叫星协一。两个人的名字都来自他们的父亲星一创办的制药公司“星制药”的一句口号：亲切第一，协力一致。

星新一的父亲星一，在日本近代史上也是有一定知名度的人物。星一早年留学美国，与日本著名医学家野口英世结为一生挚友。回国之后，星一创办了星制药股份有限公司。1925 年，星一同小金井精成婚。小金井精的父亲小金井良精是东京帝国大学（东京大学的前身）最早的十名医学博士之一，母亲喜美子则是著名作家森鸥外的妹妹，和森鸥外一同创办了日本最早的文艺评论杂志《栅草纸》。因此，小金井一家固然可以说是医学世家，但其文学传统也不容忽视。只不过当时谁也不会想到，星新一会把这一文学传统继承下去。

根据星新一的回忆，星一曾在星制药商业学校的开学仪式上说过“改良发明永无止境，要向着它们不懈努力”。仿佛是为了身体力行这一号召，星一有过无数奇思妙想，譬如“味噌类似食品制造法”“从蚕蛹中提取营养物质法”“日本酒浓缩法”等。实际上，早在1918年，星一就曾写过一篇科幻小说《三十年后》。照星新一的说法，他的故事点子很大程度上受了父亲的启发。

星一本人于1951年访问洛杉矶时骤然病故，时年78岁，身为家族嫡长子的星新一（那时年仅25岁）被迫接过星制药的领导重任。由于时局变换，星制药此时已经背负上巨额债务，而星新一缺乏其父的经营才能，当时的状况真可以用“内外交困”四个字来形容。经历一番挣扎后，翌年星新一终于召开了记者招待会，宣布放弃星制药的经营权，将之转移给以企业重建闻名的大谷米太郎，并将自己的名字从“亲一”改为“新一”，寓意自己的新生。

星新一小时候就爱看书，最喜欢的书是江户川乱步的《少年侦探团》。少年时代的星新一，从未想过自己将来会成为一名作家。上中学时，他的作文并没有受到过很高的评价。促使星新一走上作家之路的，大概是这样几个契机。

第一，与芥川龙之介奖候补作家原诚的相识。原诚的作品是1955年芥川奖最终考评的五部入围作之一。虽然当年的芥川奖最终为石原慎太郎所获得，但与原诚相识的经历令星新一想起自己是森鸥外妹妹的外孙这一身份，从而认识到写作也是自己人生的选择之一。

第二，星新一发表在科幻同人志《宇宙尘》上的《高潮诱发器》大受好评。柴野拓美创办的《宇宙尘》虽然是科幻爱好者具有玩票性质的杂志，却是当时日本发表科幻作品最重要的平台，或者更准确地说，在当时没有任何一家商业杂志接受科幻小说的情况下，《宇宙尘》就是科幻小说唯一的发表平台。星新一在《宇宙尘》上发表的《高潮诱发器》，经过日本另一位科幻风云人物矢野彻的介绍，被转载于商业推理杂志《宝石》，并得到其主编、在日本文坛成名已久的江户川乱步的大力推荐。据说，当年矢野彻看到这篇小说的时候，激动不已地向江户川乱步报告：天才出现了！

第三，星制药的内外交困促使星新一下定决心转移公司的经营权，专心从事写作。不过尽管放弃了经营权，星新一仍然身兼星制药董事职位，每月有10万日元的收入。考虑到日本当时一碗拉面只要40日元，日本人平均月工资也只有1万日元，这笔收入绝非泛泛之数。可以说，和当时大多数科幻推动者不同，星新一是在衣食无忧的情况下走上作家之路的。

星新一成为科幻爱好者和写手们憧憬的对象。这时候的星新一确实可以说是日本唯一一个专业的科幻小说作家。当时，小松左京（《日本沉没》的作者）还在大阪的电台打工；筒井康隆则一边在大阪的某个设计院工作，一边和自家人出版科幻同人志《NULL》自娱自乐；光濑龙、广濑正、眉村卓等，此时更是默默无闻；而唯一一本坚持到今天的日本科幻杂志《S-F Magazine》，当时还在每月发行两三千册的死亡线上苦苦挣扎。因此，当1961年苏联载人飞船上天时，媒体发现在日本的科幻作家中，确实只有星新一一个人可以接受采访。

另外，从日本科幻文学的角度看，有星新一作为其代言人，可以说是一大幸事。因为在当时的日本，科幻小说普遍被视为难登大雅之堂的读物，却有一个大企业的前掌门人愿意专职撰写这类小说，这对整个日本社会的触动绝非等闲。小松左京就曾说，有星新一真是太好了。而当年 TBS 电视台采访星新一时，其毕恭毕敬的姿态也让与会者颇为感慨。1960 年，星新一以多部短篇作品入围直木奖最终候选，这未必没有受其身份的影响。他本人对此并不在意，因为他觉得，他是在为读者创作，而并非为了获奖。

说到星新一在日本科幻小说界的地位，还有两件事不得不说。

一是在日本有所谓“科幻御三家”的说法，“科幻御三家”是指星新一、小松左京和筒井康隆。这三个人私交极好。家住大阪的小松左京和家住东京的星新一曾一度每天煲电话粥，为省长途话费，两个人选在半夜时分通话，并美其名曰“深夜爱的信笺”；筒井康隆则多次公开表示自己的很多写作灵感出自和星新一的闲谈，他也是在星新一葬礼上致悼词的人。不过无论私交如何，在公开场合，只要星新一出现，小松左京和筒井康隆必然会起身相迎；星新一不坐，两个人也不坐。小松左京更是直接将星新一呼作“科幻界的天皇”。

二是“覆面座谈会”风波。时任《S-F Magazine》主编的福岛正实，在杂志上做了一期匿名座谈会，批判了当时日本科幻文坛的诸多作者，引发众多科幻作者的强烈反弹。福岛正实向来以“日本专业科幻奠基人”自居，就算是小松左京和筒井康隆在《S-F Magazine》上发表的小说，也照样一声招呼不打便任意删改。福岛正实唯独不敢像这样对待的作家只有两个：安部公房和星新一。所以，福岛正实尽管在“覆面座谈会”对其他科幻作家都给予了严厉的抨击，但对星新一却没有涉及半分。

当时，日本文坛对科幻小说完全不屑一顾。这不仅仅是某些知名作家的态度，更是众多文学刊物和出版社的态度。星新一有一次陪同筒井康隆拜访讲谈社《小说现代》编辑部，旁边纯文学杂志《新潮》的编辑专程走过来忠告筒井康隆说：“筒井先生，别写科幻了，写文学吧。”1970年10月号的《三田文学》，编辑部与星新一就当时的公害问题展开座谈，编辑劈头便问：“公害能成为文学吗？文学为什么要关心那样的东西？写那种东西，不能算是文学吧。”

这种对科幻的偏见，到20世纪70年代总算有所缓解，但这时的星新一身上又被打上了“儿童作家”的标签。尽管他的短篇小说集屡登畅销榜单之首，他在大学生最喜爱的作家调查中也多年占据第一位，但在传统科幻圈中，星新一却并不因其作品而受到重视。另外，与安部公房在国际上获得较高声誉的情况相反，星新一的作品虽然也有许多被译为多种文字甚至入选各国教材，但始终未能获得国际文坛的认可。

这里就涉及如何对星新一的作品进行评价的问题。星新一一生写了1 001篇小小说，是当之无愧的“小小说之王”，但他获得过的文学奖，只有1968年的“日本推理作家协会奖”而已。虽然也有人认为，如果将他的小小说中某些精彩篇目单独结集成册，便足以冲击任何一个奖项，但星新一终其一生也没有这么做。与之相对的是，星新一的小小说在广大读者中拥有长盛不衰的生命力。单新潮文库中的《人造美人》一书便有超过 200 万部的销量，整个文库中他的作品合计销售超过 3 000 万部，而且时至今日依然在不断重印。对于这一现象，传记作家最相叶月评价过，星新一贯彻了其父为其所取的名字“亲一”那种“亲切第一”的意思，舍弃了曲高和寡的文学性，将自己的一生都献给了广大的普通读者。

星新一表示：为了创作出好作品，即使奉献自己的灵魂也在所不惜。他对自身和所创作的作品之严格，可能没有哪位作家能比得上他。他的工作室甚至连家人都禁止入内。

他在每次创作时都坚持用以前没有用过的创意，他所创作的 1 001 篇作品可以说没有一篇的创意是相同的。“意中生羽翼，笔下起风云”，是他在某次签售会上给读者签赠的诗句，也表达了他对创意的重视。他的每一个创意都是经过好几个晚上不眠不休的思考而形成的。也许这就是他说“我从来没有想到过，小说的创作过程是如此痛苦”的原因吧。

星新一之所以“脑洞大”，还得益于自己独特的创作秘诀：小说创作最困难的地方在于最初“创意”的构思阶段。一个好的“创意”，就是把两个看似没有任何联系的事物，巧妙地、毫不违和地组合在一起。在创作时把脑海中几个事物的名称写在一张张纸上，然后把这些纸打乱，从中随机抽取两张纸，根据纸上所写的事物的名称开始创作。这个方法听起来似乎很简单，但是实际做起来，难度却是非常大。

星新一在创作中给自己设立了几个禁区。第一，不描写性行为与杀人场面；第二，不写时事风俗之类的题材；第三，不使用前卫的手法。据星新一的说法，不描写性行为和杀人行为并非出于道德原因，而是因为“写不好”；不写时事也不是因为只想写不会过时的小说，而只是觉得“将来的人看不懂就不好了”。

在星新一的作品中，确实看不到对色情、凶杀等场面的描写，而最明显的特征则是几乎没有任何具体的人名、地名之类的专有名词（不过在《任性指数》一书中，星新一借用了许多朋友的姓名，算是非常罕见的例外），甚至连“100万元”这类钱款的具体数目，都会用“巨款”或者“只够吃两回豪华大餐的钱”来代替，尽力避免地域、时代、环境等方面的影响。对于早期作品中出现的一些名词，也会随着时代的变迁采用最新的名词去替代，比如将早期的“电子脑”改成“计算机”，“拨电话”改为“打电话”，等等。

对于“科幻”，星新一有自己的看法。20世纪50年代，《S-F Magazine》的主编福岛正实与文学评论家荒正人之间发生了一场论争。荒正人认为，科幻小说应当与科学成果或者科学的未来可能性直接联系；福岛正实则认为，科幻小说不必考虑与科学的关系是否密切，哪怕是像《西游记》那样的幻想文学，也可以视为科幻小说的源泉。两者之间的论争最后在石川乔司的调解下以相互理解而告终。当时已经作为科幻作家而成名的星新一对此仅是静观，并未发表意见。不过其后又有佐藤洋评论星新一的作品并认为，如同江户川乱步的出现让人们误以为推理小说就是那种妖异黑暗的风格一样，星新一的出现恐怕也扭曲了一般人对科幻小说的认识，以为科幻小说就该是这种与科学无甚关联的风格。对此，星新一的回应是：“佐藤先生是希望我写硬科幻吧？可是，我认为写一些变格科幻也未尝不可。”按照最相叶月的注解，星新一的这个回答中，恐怕也隐含了“我写的科幻才是正统，即使被认为是异端也无所谓”的自负。

不知出于什么缘故，星新一生前并不允许他人将自己的作品改编成影视。当年GAINAX（也就是日后制作了《新世纪福音战士》的公司）的创始人之一武田康广想要将他的作品改编成动画片，遭到星新一的拒绝（“我不愿意自己的作品被改编，如果要做，请在我死后做，那我就不会抱怨了”），结果最终改编了小松左京的作品。

星新一的科幻观和他那个时代的人有着明显的不同。新井素子的选拔就体现出其中的差异。同为第一届“奇想天外科幻小说新人奖”的评选委员，小松左京和筒井康隆两位都没有看好新井素子的《我之中……》，唯有星新一强力推荐，这篇小说最终获得佳作提名。新井素子也由此被视为星新一的弟子，乃至2013年创设“星新一奖”时，她还受邀做了评选委员。

星新一曾于1981年访问中国东北地区，也和我国著名作家叶永烈有过多次书信往来。1981年9月，他的作品《敲门声》被翻译成中文出版的时候，还应叶永烈的邀请专门写了对中国读者的致辞。在致辞中，星新一同样表现出他独特的科幻观：“我的一些短篇作品曾在贵国科普杂志上刊登，这自然是值得高兴的事，但是，就我本意而言，并非想通过这些作品来进行科学启蒙。我认为，小说和科学是不能等同的。从这点来说，《敲门声》同样如此，它与科学无关，是一种给人以乐趣的作品。”

星新一在1983年完成了创作1 001篇小说的计划，之后由于健康原因，执笔活动急剧减少。星新一在晚年还把这1 001篇小说中已经过时的表现手法进行改造，使它们不落后于时代。他认为“没有任何一个事物是永恒的，但我希望尽我所能，延长我作品的寿命”。

1993年，星新一宣布停笔。停笔之后，他本以为自己终于可以不用沉浸在创作的痛苦中，可以好好休息、安享晚年了，但是长期积累的压力和劳累，使他的健康状况迅速恶化。1994年，他因口腔癌入院手术，最终于1997年因肺炎病逝于东京，享年71岁。

追悼会上，筒井康隆所写的悼词对星新一的成就做出了高度评价，此处摘抄如下：

> 星先生的作品固然被许多低年级教科书收录，但绝不可仅仅将之视为给孩子梦想的人物。他是每个人在青少年时代的英雄，是足以同手冢治虫、藤子不二雄匹敌，时而超越他们的人物。在遗忘了传统故事的年代里，星先生以一己之力创造出无数足以取代传统的现代故事。他书写的故事，也在促使人们形成更为高尚的自我。尽管文学界认为星先生的故事缺乏文学价值而不予评价，文学全集也不曾收录星先生的文章，但我认为，这就像是伊索、安徒生、格林兄弟不曾获得诺贝尔奖一样。

目录

人造美人

一个美女机器人被精巧地制造出来了。由于是人造产品，不管多漂亮的美女都能打造出来。构成美女的一切要素全都集合在她身上，所以最后呈现出来的样子非常完美。但是，她给人感觉有点高冷。不过，高冷本身也构成了美人的一种气质。

除了造美女机器人之外，再没人生产普通的机器人。制造能像人一样劳动的机器人实在是太浪费了。究其原因，要是有经费制造这样的机器人，还不如制造效率更高的机器设备呢。因为，那些想受雇于人的人要多少有多少。

出于兴趣爱好，一家酒吧老板制造出了一个美女机器人。酒吧老板这类人回家之后就再没有心情喝酒了。对他来说，酒这种东西不过是一种商业工具，难以想象它还可以被用来在私下独酌。说到钱嘛——那些上门买醉的家伙自然会让他赚得盆满钵满；再加上他还有大把的时间，所以他就造了个机器人。这完全是他的兴趣爱好。

正因为出自兴趣爱好，他才能造出如此精巧的美人儿。这个机器人用手摸去，跟真人毫无二致、真假难辨。乍看之下，甚至比真人还像三分呢。

不过，美女机器人的脑袋里却空空如也，因为酒吧老板的能力有限。她只能简单对答，肢体动作上也只能完成饮酒。

美女机器人制作完毕后，老板把她放在酒吧里。尽管吧台旁有椅子，但那个机器人还是被放在了吧台的后面。因为一旦天机泄露，麻烦可就大了。

酒吧里新来了一个女孩，客人们一般都会跟她打招呼。美女机器人只在被问到姓名和年龄的时候，才能做出很好的回答，其他时候就不行了。即便如此，没有一位客人注意到她是一个机器人。

“你叫什么名字？”

“波格小妹。”

“几岁啦？”

“还年轻着呢。”

“你到底几岁啦？”

“还年轻着呢。”

“所以才问你……”

“还年轻着呢。”

来酒吧里的多是些儒雅人士，因此，大家都不再多问。

“你的衣服真漂亮啊！”

“是吧？”

“你想点些什么呢？”

“点什么呢？”

“不喝点杜松子汽酒吗？”

“那就喝杜松子汽酒吧。”

不管多少酒，她都统统喝下肚。关键是，她千杯不醉啊！

美人儿既年轻又高冷，答起话来冷冰冰的。顾客们口耳相传，纷至沓来。人们把波格小妹当作谈话与喝酒的对象，也频频被她劝酒。

“客人们当中，你喜欢哪一位？”

“喜欢谁呢？”

“喜欢我吗？”

“喜欢你。”

“下次去看电影吧？”

“去看电影。”

“你打算哪天去？”

当卡壳答不上来时，波格小妹就发送电波信号，于是老板飞奔过来。

“客人！别过分挑逗她哟！”

只要这么一说，客人们多半通情达理，于是苦笑一声，按下话头不再吱声了。

老板时不时蹲下身去，从机器人脚下的塑料管那儿，回收她喝过的酒，然后再分给客人们喝。

尽管如此，客人们并没有发现这些手脚。波格小妹虽然年轻，但头脑清醒。她既不拉拉扯扯，大献殷勤，酒后也不颠三倒四，胡言乱语。因此，美女机器人越来越受欢迎，慕名而来的人日渐增多。

这当中有一位年轻人，他简直对波格小妹入了迷，动不动就跑来看她。每次他都觉得差一点儿就能赢得美人的芳心了，于是越发爱得真切。为此，这位多情郎债台高筑，穷困潦倒，以至于想拿家里的钱来还债，惹得父亲暴跳如雷。

“别再去了！拿这笔钱还债去。不过，就此给我打住！”

年轻人到酒吧还钱，想着今宵缘尽，他不但自己喝了酒，还对美女机器人说：“这次对饮是我们分手的仪式。”于是让她也喝了好多酒。

“我再也不能来啦！”

“再也不能来了吗？”

“你心碎了吧？”

“心碎了呢。”

“你说的都是假话吧？”

“说的都是假话。”

“再也没有像你这样冷冰冰的人了吧？”

“再也没有像我这么冷冰冰的人了。”

“那就让我杀了你吧？”

“那就杀了我吧。”

年轻人从口袋里拿出药包，放入杯中，然后推到波格小妹面前。

“喝吗？”

“喝。”

还没等年轻人看上一眼，毒酒已被她喝了下去。

“只求痛快一死。”年轻人说。

波格小妹在身后也应了一声：“只求死得痛快。”

他把钱给了老板，然后走出酒吧。夜色已深。

年轻人刚走到门外，老板就招呼起剩下的客人们。

“从现在开始，我请客！各位来宾，请开怀畅饮！”

虽说是请客，但喝了从塑料管里导出的酒的这些客人，已经不可能再来了。

“哇！”

“好啊！好啊！”

顾客和吧女们推杯换盏。老板也在吧台后面微微举杯，一饮而尽。

那天夜里，酒吧到很晚还亮着灯，收音机里一直播放着音乐。可是，尽管没有一人离去，但买醉的人们都鸦雀无声。

很快，收音机里传来：“各位晚安！”于是，再没有了声音。

波格小妹喃喃道：“晚安。”接着，摆出一副高冷的面孔，等着有谁过来跟她搭话。

天外来客

蔚蓝色的天空中突然出现了一个圆盘状的物体。它反射着阳光，一边闪着银灰色，一边徐徐降落在郊外的原野上。

“坏了，坏了！那是从其他星球来的。”

“赶快通知警察！不对，通知军队！或是通知外务省……不对，应该是天文台吧？”

远远地，群众将飞碟围了起来。正当一片骚乱时，那个物体再一次安安静静地离地升空，然后突然消失在远方的天空中，一去不返了。

“啊，跑了！什么鬼东西？这就算完了吗？”

然而，这非但不是此次事件的终结，而是一场骚乱的开始，因为飞碟在消失之后留下了一样东西。

“看！那个家伙是什么人？”

在大家手指的地方，有一个浑身亮丽的金衣人，独自站在那里。

“他是乘坐刚才那只飞碟过来的，一定是某个行星上的人。”

“他来干什么？”

现场群众的心中充满了不安。

“这该不是对地球发起侵略的前兆吧……”

在人类的历史上，有很长一段时期人们互相侵略，我们因此养成了一种习惯性思维：一见到异邦来客，就认定其为侵略者。

“可那个人单枪匹马！”

“但那家伙造出那么先进的飞行器，而且开了过来。若是具备了科技力量，就算一个人也够我们受的吧？估计后面会有可怕的事情发生。”

当不安与恐怖的气氛越来越浓时，配备最新式装备的军队终于到达了。

“各位市民朋友，请大家后退躲避。保证你们的安全，是我们军队的义务。”

在凌厉的统一指挥下，身着防毒防辐射服的年轻士兵们利落地行动起来了。雷达锁定了目标，火焰喷射器和导弹也瞄准了目标。接下来，只等上级下达进攻的命令。然而命令一直没有发出，上级部门久久不能做出决定。

“快点，不安定的因素要尽早铲除！好好教训一下这个不法入侵者，对他没啥好客气的。”主战派说道。

“不行，他是和平的使者吧？停止攻击，把他包围起来。”主和派说道。

“你们双方虽然公说公有理，婆说婆有理，但在这件事情上，不得不慎重啊。那是对方精心设下的一个圈套。我们要是把那个家伙干掉的话，会招来大举进犯，这是常见的手段。敌方挑衅，我方不可接招。不过呢，采取听之任之的态度接近他也很危险。我们还是一边保持警戒，一边跟他搭话看看。”

最后这个最具地球人思维模式的意见占了上风。在没有解除警戒的情况下，一位颇有才能的外交官走上前去。

他根据大家的想法，先与外星人说了这么一句话：“您能听懂我说的话吗？”

外星人点了点头。外交官来了精神，满面笑容地和他攀谈起来。

“热烈欢迎您光临我们地球。想必您是为寻求友谊才来到这里的吧？这也是我们渴望的。虽然我们地球在文明程度上比不上您所在的那颗星球，但在维护和平与文化交流方面，我们地球应该不逊色于宇宙中任何一颗星球。还请您在星际交流方面多多关照。如果您有什么愿望的话，可通过我来转达。毕竟……”

外交官觉得此刻抛头露面恰逢其时，于是他挺起胸脯，擦了擦汗，脸上笑嘻嘻的。他突然又鞠了一躬，把心里的热诚全都表现出来。

外交官一方面要努力保持理性，一方面又得絮絮叨叨说个不停，他终于说得喉咙沙哑。可是这时，外星人却静静地摇了摇脑袋，外交官只好垂头丧气地退了下去。

“快看！官员出面也不一定能办成事，星际交流还得看我们民间的手段！”

说这话的是经济团体的领导干部。从刚才的情况来看，他们敏感地觉察到外星人好像没有什么敌意。

“对啦！那个外星人一定是来跟我们做生意的。因为不管是哪颗星球上的生物，没有一个是不想改善生活的。”

很快，一场由汽车队伍组成的游行，在外星人面前开始了。不用说，汽车上摆满了各种商品。

工商业者们一直紧张地注视着，看外星人会喜欢上哪一种商品，然而外星人并没有点头。于是，游行结束了。游行刚结束，外星人又摇了摇头。

他究竟出于什么目的来到地球呢？人们的疑问与不安更深了。这就为新兴宗教提供了舞台。于是，一直嘀嘀咕咕的一伙人从人群中冒了出来。

“这岂不是我们一开始说的那样吗？那是神派到这儿的尊贵使者。你们都干了些什么！居然想和外星人平起平坐！有人想跟人家搞好关系，于是就嬉皮笑脸地巴结；有人想做一笔买卖，于是就把商品摆出来。这可是要遭报应的啊！实在是太丢人了。我们应该跪拜谢罪才对吧？现在还来得及。”

对于这个意见，大家也找不出反对的理由。人类社会是在不断摸索试错的过程中发展到今天的。因此最好每件事都尝试一下。

现在轮到那帮信徒上场了。他们拜倒在外星人面前，开始了长时间真诚的祷告。神灵啊，我们这些人愚不可及，请宽恕可怜的人类的罪行吧。请您救救我们，教导我们。

可是，过了一会儿，那个来历不明的外星人却毫无表情地摇了摇头。看到这一幕，一位热血猛男出现在人们眼前。

“你们这帮混蛋在瞎搞什么呀！也太没常识了吧！这个问题只要认真想一想就想通啦。那个外星人独自一人来到我们这个遥远的国度，在他寂寞孤独的时候，首先最想要的是什么？谁都能很快想到，肯定是男女之情啦。虽说他来自其他星球，但从生物学的角度上看，大家都是饮食男女。我们把他当成无欲无求的神仙，是满足不了他的需求的。款待客人时，站在对方立场上考虑问题才正确。这事儿就交给我来办吧！”

说出这番天才般言论的男人，不知从哪儿招来了一群美女—— 一个个丰乳肥臀，热辣香艳。这大概费了不少钱。此外，这也是他的如意算盘：如果能顺利地巴结好天外来客，眨眼工夫肯定能收回成本。

现场响起了靡靡之音。伴着撩人的音乐，美女们纷纷脱去衣服，踩着令人神魂颠倒的步伐朝外星人款步而去。尽管如此，外星人还是摇了摇头。

“哎呀，效果不佳啊。这都怪我想偏了那么一点点。不过我考虑问题的方向是对的，只是搞错了外星人的性别。既然知道了他不是个男人，那她肯定是个女人。基于这个合乎逻辑的推断，我要接着采取下一步行动。多亏我是个美男子，而且浑身上下都是迷人的肌肉。”

伴着更加响亮的音乐，这位猛男脱去衣服，骄傲地炫耀着他的肌肉。他手握一只满满的酒杯，一边眨眼放电，一边朝前走去。可是，外星人还是没有表情地摇了摇头。至此，人类的智慧感觉已经悉数用尽了。

然而，就在此时，一个一脸严肃的少年，手执一把锤子走来。“大家在这儿闹哄哄的，瞎折腾什么！身为人类一员，我感到很没面子。岂止如此，我甚至不能容忍人类的存在，还不如灭亡了更好。”

少年用纯真的声音，一边喊着一些莫名其妙的话，一边朝外星人跑去。

“住手！你要干什么？”

尽管人们要制止他，但事情发生得太突然了，大家措手不及。落下的锤子刚好击中外星人的脑袋，外星人叭的一下倒地不起。

“啊——他给我们带来了意想不到的麻烦，后果不堪设想。”

少年被人强行带走了。接下来，人们把最有名的医生召集了过来。

“快想办法治疗！要是有什么不测，可就麻烦了。”

然而，前来会诊的名医在诊断之后，一个个束手无策。

“回天乏术啊。”

“你们这么说，可就麻烦了。现在可是全人类会不会受到攻击的关键时刻啊！”

“可我们也无能为力啊，因为这是一个机器人。”

“啊！你们说什么？”

“请大家看看这只眼睛，这是一个精巧的小型摄像头。瞧，这是天线。这之前的一幕幕肯定被发送到一个什么地方去了。”

与此同时，在一颗被发着绿光的太阳照耀下的行星上，到处是狂野的笑声。

“真没想到，这样的谢幕太戏剧化了。好啦，您刚才收看的电视节目是每次都获得观众好评的《星际旅行》。今天播出的，是从被当地居民称为地球的行星上发来的实况转播。我们借此能了解那个地方居民的各种新奇的想法和风俗习惯，大家一定很喜欢吧。好啦，下期节目是……”

附身计划

“哎呀……请进，请进！”

在所长的催促下，我满怀期待地推开研究室的门，接着不禁目瞪口呆。

一个戴着金项圈的大美女，蹲坐在门后温暖的厚地毯上。美女无精打采地抬头注视着我，让我产生了想抱紧她的念头。

在浩瀚的宇宙中，不知有什么样的情况正等待着我们。因此，在遨游太空方面，我们要尝试一切办法，发挥人类潜能的研究更是必不可少。

我在获得对该项研究中的“附身计划”进行采访的许可后，来到了该研究所。

“可以靠近观察吗？”

我指了指蹲坐在地上的美女，尽量用一个记者该有的口气询问道。

“请随意……”

所长郑重其事地点了点头。我在美女身边蹲了下来，她把柔软、诱人的身体靠了过来。这该不是在做梦吧？那种身体扭动时产生的触感让我受不了。我用力抱住了美女，忘了所长还在身边。于是，她条件反射地叫起来。

“喵……”

与此同时，我的脸被爪子抓了一下。

“请当心哦……”所长不慌不忙地提醒我。

“来，听话哟！”说着，他轻抚着美女的脑袋。美女又乖乖地蹲坐在地上。

“我刚才被抓了一下，这到底是怎么回事？”

“因为我把猫附在这个女子的身上了。”

“猫附身？”

“是的，我还没来得及向您做详细介绍。我们研究所从狐狸附身中得到启示，并进行了实验，将各种各样动物的魂魄附着在人身上，借此提高人的能力。最近，被附在人身上的动物种类逐渐多起来了。”

“原来如此。怪不得那个女人‘喵’了一声，还挠了我一下。那么，猫附身这项技术有实际用处吗？”

“那当然。从高处跳下来时，人可以用猫附身。当宇宙飞船紧急降落时，和没有猫附身的人相比，有猫附身的人的抗击力会增加好几倍。”

“原来如此……”

尽管如此，我还是忘不了美女刚才朝我蹭过来的感觉。

“不只是太空旅行，居家过日子好像也能用到，是吧？”

“早晚应该会的。不过，到那时，给利爪戴的指套之类的商品应该会非常火爆。”

接着我们走进另一间研究室。一个四肢着地的男人爬着靠过来。我问所长：“这个男人是被一种很温顺的动物附身的吧？”

“是啊，你知道是什么附身吗？”

“不知道……”

我拿着笔记本靠过去。这时，男人一口咬住我的本子，并咀嚼起来。

“哈哈，我明白了，原来是山羊附身。”

“是的。我们想搞成猪附身，可不知什么原因一直没有成功。因此，作为猪附身之前的一个阶段性实验，我们研究出了山羊附身。”

“猪附身如果能成功的话，会有什么好处？”

“人类到了别的星球上，当遇到食物短缺时，有了猪附身的话，就会见啥吃啥。”

遨游太空已经千辛万苦。想象自己在宇宙基地被猪附身，吃着冷菜剩饭，我不禁感到一阵恶心。

“此外，还有什么附身呢？”

在我的催问下，所长带我去了下一间研究室。那儿的门上插了好几根粗粗的铁棒。

“请不要靠得太近。”当我打算从铁格子中间朝里张望时，所长提醒道。然而待在里面的一个胖男人却用温和的目光注视着我。

“他看上去很温顺，不是吗？”

“嗯，平时都很温顺。可最近他把一个人踩成重伤之后，我们都加倍小心起来。”

“他是被什么附身呢？”

“基地建设少不了要干体力活儿。到那时，人们就可以像这个男人一样，被大象附身。”

接下来，在我参观的一间天花板很高的研究室里出现了一个活蹦乱跳的孩子。

“他跳得可真高啊。”

“这是兔子附身。”

“想让人跳得高，青蛙附身是不是更好些呢？”

“现阶段，青蛙这样的低等生物还办不到。”

“如此说来，蛇附身也办不到，对吧？”

当我知道人还不能被蛇附身时，稍微松了一口气。

“不过呢，进行星际旅行用哺乳类动物附身基本就够了。再说了，与其勉强去做爬行类动物附身的研究，不如探讨在攀登悬崖时，松鼠附身和猴子附身哪一个更好。诸如此类在人被附身前不得不讨论的问题还有很多。”

“最新的研究当中有些什么呢？我很想了解一下。”

“好的，这边请……”

我被带到了下一间研究室。

“这是一个被树懒这种动物附身的案例。尽管此前困难重重，但总算成功了。”

被树懒附身的那个人一动不动地坐在研究室的角落里。

“天哪，一动不动，这有什么用……”

“哪里的话！为了防止人们在漫长的太空旅行中产生焦躁情绪或是你争我吵，只能使用这一招。如果用药物抑制焦虑，事后一定会产生副作用。但这样一来就没问题啦。多亏有了树懒附身技术，第一次让人类远距离太空旅行的可能性大大提高。”

在研究所里兜了一圈之后，我们回到了所长办公室。

“您让我看了各种各样有趣的研究，我实在感激不尽。可是，您看这样行吗？您能否让我看看被动物附身的过程？”

“可以。我用什么附身演示给您看呢？”

“那就来个最基本的吧。我想看看狐狸附身。”

听我这么一说，所长严肃的脸上露出了一丝苦笑。他答道：“您说得很对，狐狸附身对太空旅行没有丝毫帮助，所谓的狐大仙上身只是这些实验的理论基础。然而，最初做狐狸附身实验时，经历过各种各样的失败。”

“有什么危险吗？”

“没有，一点都不危险。因为不凑巧，没有合适的人选，那就由我来演示狐狸附身给您看吧。”

“实有得罪。不过，您该不会变不回来吧？”

“没事。借助时间按钮，定时五分钟后，我会立即恢复本性……”

所长一边把金属项圈绕到脖子上，一边对我解释道。

“请帮我按下那张桌上的设备按钮。这样电波就会传到我的项圈里，我马上就会被狐狸附身了。”

我试着把桌上的按钮按下去，很快就听到微微的呻吟声，所长忽然成了被狐狸附身的状态，并开始叫起来。

“哇——呜，哇——呜……”

在这之前，一直板着脸、一本正经为我做解说的所长，突然把嘴尖起来，发出刺耳的嚎叫，而且开始做起奇怪的手势来。那种滑稽模样简直能让人笑到抽筋。

我纵声狂笑，笑得要咳嗽起来，嗓子也因此变得很干。然而，四处张望，研究室里却找不到水龙头。

就在这时，所长手里端着不知啥时准备的一个东西，也不知是从桌子下面，还是从哪里拿出来的。我仔细端详，原来是一只带柄的啤酒杯，里面装满了啤酒。

服务还挺到位的嘛。看到所长用一种奇怪的手势劝我喝下，于是我接过啤酒杯，把这似乎散发着古怪气味、冒着黄色泡沫的温热液体一股脑儿喝了下去。

秘密乐趣

N 先生的日常生活，有一种不为人知的快乐。

换作一般人，是不至于挖空心思，搞个人小秘密的。然而 N 先生与众不同，他太太的脑子比别人聪明一倍，又因为嘴碎爱唠叨，丈夫不得已保留一些个人秘密。

下班后，N 先生不会去什么地方消磨时光，而是直奔回家。虽然他也有在回家途中喝上一杯以消愁解闷的想法，但真要那么干的话，会遭太太盘问的。

N 先生不善说谎，一撒谎，立马破绽百出，结果总被唠唠叨叨的老婆埋怨个没完没了。想到这一点，他还是早些回家为妙。

吃完晚饭，再稍微看一会儿电视，就到睡觉的时间了。整理床铺是夫人的工作，因此热牛奶成了 N 先生的事情。睡前喝杯牛奶是两口子的习惯。

每到此时，N 先生就往妻子喝的牛奶里放一粒药。药很快融化，那是一种没什么味道的药。然后他把这两杯牛奶拿过去，两人把牛奶喝了。

“好啦，晚安！”两人互道晚安，爬上了床。

没过多久，妻子开始发出平缓的呼吸声。药起作用了。这种药不仅有催眠的功效，还能让人进入快乐的梦乡。药是N先生从一位朋友那里弄到手的。当时，N先生试着服用了一粒，他梦见自己在美丽的花园里游玩，又梦见自己在湖上悠闲地泛舟。

估计妻子也正做着这样的美梦吧，只见她露出了喜滋滋的表情。要是做噩梦的话，她会从梦中惊醒，而做美梦就不会有那种担心。

N先生把脑袋枕在枕头上，假装睡着了。过了一会儿，他朝妻子斜看过去，确认她已经睡着了。

之后，N先生带着充满期待的笑容起床了。他换上外出的衣服，蹑手蹑脚地溜出家门，直奔夜幕下的大街，逍遥快活去了。顿时，他全身上下充满了一种难以言状的解脱感。自由自在、听不到牢骚的时光开始了。一切的一切都显得生机盎然，朝气蓬勃。

有一家N先生爱去光顾的酒吧，名叫“小妖精”，每晚营业到深夜。吧内陈设十分豪华，芬芳美酒一应俱全，价格也不那么昂贵。N先生一进门，一个女招待便迎了上来。

“哎哟，欢迎光临！”酒吧里全是漂亮姑娘。

“来一份白兰地。”

不一会儿，他要的酒就被端来了。

女招待搭讪道：“您总是很晚才来呀。”

“嗯，是因为工作忙。”

“您真是个大忙人，实在是太辛苦了……”

N先生自然不会说自己是等妻子睡熟之后才出来的。在一边喝酒，一边和女招待聊天的过程中，N先生的心情大好。

如果没有在酒吧消遣的这段短暂时光，N先生就会憋闷得慌。在公司时勤勤恳恳地工作，下班后立刻回家，晚上乖乖待在家里。每天周而复始，岂不要把人弄成精神病？来酒吧里的这点消遣应该得到允许才对。他在这里可以找到生活的意义：要么吃吃喝喝，要么和女招待闲聊，时而还会唱唱歌、跳跳舞什么的。他只想永远沉醉在可以吃喝玩乐的歌舞场中。

可是，不可能一直畅饮不归啊。心中块垒适当消释之后，N先生起身付钱。虽然可以赊账，但他还是决定用现金结清。要是一不留神欠账不还，讨账的人打电话到家里来，那就麻烦了。

走出小妖精酒吧后，在回家的路上，N先生会再次检查一下自己。口袋里不能留下酒吧的火柴和收据之类的物品。衬衫上如果沾有口红，也必须擦拭干净。如果被妻子发现的话，那非得闹个鸡犬不宁不可。

凡是夜间逛过酒吧的证据，一星半点都不能带回家。经过一番检查之后，N先生回到家里换了衣服上床睡觉。妻子在他身边的床上好像睡得正香，想必一直在做着快乐的美梦吧。

N先生天天过着这样的日子。这并不妨碍他第二天的工作，他觉得人的心情舒畅了反而有益于解除疲劳。另外，一直以来，自己偷着乐都没有被妻子发觉过。

白天的时候，N先生留了个心眼：尽量不往那家酒吧的方向走。说不准某个原因就会导致真相败露。

在下班回家的路上，N先生虽然想顺道上那家酒吧去快活一下，但他还是忍住了。因为比起提心吊胆地偷着喝酒，等妻子睡着之后，安心喝酒更为快乐。

然而，一天下午，N先生因为工作经过那家酒吧附近。他一边心想，到了晚上还要再到那里去，一边朝酒吧远远望去。可奇怪的是，不知什么原因，没有叫小妖精的酒吧——自己天天去的酒吧没有了！

取而代之的是另一家店——一家点心店，店名和陈设都不一样。这是怎么回事？那家酒吧今天突然停业了吗？可是，昨晚还照常营业呢，也没听说过酒吧破产或迁址之类的传言啊。那家酒吧如幻影一般消失得无影无踪。

N先生到那家点心店里试图打听点什么。

“这里有家叫作小妖精的酒吧，它到底怎么啦？”

“你说什么？没听说有叫那个名字的酒吧啊。”

对方的回答让N先生深感意外。

“可是，直到昨天晚上，那家店还在这里啊……”

“不可能，我家点心店一直开在这儿，我从没听说过有什么酒吧。”

这是咋回事？每天晚上，他都出门来这里喝酒作乐，还分文不少地付了酒钱，那该怎么解释啊？虽说没拿过火柴和收据，但那家酒吧应该就在这儿才对啊。

N先生又转到附近另两家店铺里打听了一下，可大家都说不知道。

这天晚上，N 先生躺在床上思来想去。他趴在床上，一边摆弄着枕头，一边试图解开这个谜。可是，就算他想破脑袋，也想不出个所以然来。

小妖精酒吧一旦不复存在，N 先生便没了出门的欲望。在这期间，他注意到手里摆弄着的枕头好像不对劲，里面好像装着什么东西。

等抽出来一看，他发现原来里面是一个莫名其妙的小装置。虽猜不出它是什么玩意，但看上去很精巧。

N 先生看到了装置上面写的制造商名称，于是拨打了电话。

“喂，喂，请问贵公司是生产什么的？”

一位因加班还留在公司里的职员答复了他。

“敝公司专门生产一种让人做梦的枕头。您的枕头有什么故障吗？您是哪一位……”

N 先生说出了自己的名字。

对方说道：“啊，如果是您府上的话，那么这个枕头是根据您夫人下单时的要求制作的。脑袋只要挨上枕头，枕头就可以让人立刻进入梦乡。您会梦见自己走出家门，上酒吧喝酒的情景。梦中的情景是不是一清二楚啊？”

简直清楚得不能再清楚了。N 先生终于完全明白了事情的来龙去脉，他被这个玩意儿骗了。在梦中支付的那笔酒钱，估计是被早上抢先起床的妻子从他的钱包里偷偷拿走了。

好像还是妻子的脑子好用。在她面前，N 先生输得一败涂地，抬不起头来。

无微不至的生活

清晨。远处的高楼宛若起伏的群山。白云之间，夏日的太阳刚刚升起。在这间房子里，也有阳光照进来。房间位于 80 层公寓大楼的第 72 层。躺在床上的男人就是这间屋子的主人。他叫特鲁，在一家专门从事宇宙旅行保险的公司上班。

太阳越升越高。窗台边用玻璃雕刻的摆件反射着阳光，在壁嵌式自动日历上的日期数字那儿形成一个圆圆的光点。

射进房间的光线越来越亮。镶嵌在窗户上的大块玻璃带着一些浅蓝色，这是为了把太阳的热力阻隔在室外，只让亮光照到房间里来。

此外，由于室内有某种设备，适宜的气温以及带着幽微花香的新鲜空气充满了房间的每一个角落。气温常年保持在设定值上，但花香会根据季节和个人喜好而变化。现在是夏天，根据特鲁先生的爱好，在百合花的基础上配制出来的花香，正从角落的某个设备里缓缓释放出来。

壁嵌式自动日历上的时钟指着8点，滴答滴答地微微作响。

接下来，大花瓣状的银色扬声器里传来音乐声，一个很有礼貌的声音呼唤着："主人！起床时间到啦。主人！您该起来了……"

扬声器里传来的声音与时钟及其他所有设备联动，同一件事情会重复播放三遍。然而，特鲁先生并没有起床的意思。于是呼叫声停止了，取而代之的是墙壁里发出的齿轮切换时的轻微响动。

这时，从天花板上静静落下一只"手"。这个家家户户都有的、被大家称为"手"的装置是用柔软的塑料制成的，像一只很大的魔术手。

"您再不起床，上班就要迟到了。您大概还想睡，可不上班总是不行的！"

声音说话的同时，那只机械手掀开毛毯，把特鲁先生抱了起来。随后，机械手把他搬运到浴室里。特鲁先生像旧时代的提线木偶一样任其摆布。自动敞开的浴室大门把特鲁先生迎了进去。机械手刚把特鲁先生搬到淋浴莲蓬头下，一只小机械手就从墙壁里伸了出来，替他把脱毛软膏抹在脸上。这种软膏只需要5秒钟就能溶解胡须，而且不会对皮肤造成任何伤害。

与此同时，大机械手灵巧地运作，从特鲁先生身上脱下宽松的睡衣，扔到一旁的电子洗衣机里。

"那么，现在给您淋浴啦！"

伴随着清爽的声音，温度适宜的热水喷洒下来。不一会儿，就像一场骤雨过去了那样，喷洒减弱直到停止。一股干燥的热风旋转着吹起特鲁先生的身体。转眼工夫，皮肤上的水珠就不见了。

刚刚吹干，古龙水就从喷雾器中轻轻喷到了他身上。机械手替特鲁先生穿上洗好的雪白干净的衣服。

“好啦，早饭准备好了，这边请！”

声音说这句话的同时，机械手把特鲁先生抱到餐厅，放在椅子上。餐厅的桌子上摆着用传送带从厨房送来的早餐。咖啡、牛奶等香气四溢。

“好啦！请用餐吧！”

声音说这话的同时，电视机自动开了。画面色彩美丽，宽幅屏幕上播放着前一天的新闻摘要，前后持续了 3 分钟。这是一个没有重大事件发生的和平时代。

新闻一结束，电视就被关掉了。随后，和缓的音乐声从三面墙壁中传了出来。在明媚的阳光之下，在清新的空气之中，音乐又响了一会儿。

音乐声低了下去，声音又发话了。

“您用餐完毕的话，那我就收掉了！”

每一个程序都和每天展开的工作相结合。由于特鲁先生没有按下身边的按钮，没有做出反对，于是传送带启动了下一个程序。餐桌上的餐具叮当作响，那是瓷器与金属之间的碰撞声——它们又被传送带送到了厨房。

嘹亮的音乐重新响起。喷雾设备开启后停在特鲁先生面前。只需吸入容器里面的药品喷雾，就可以治疗头痛。可是，特鲁先生今天早上没有想服药的意思。

不一会儿，换了一支曲子，音乐又响了起来。

时钟指着 8 点 50 分，音乐声又低了下去，最后停了。

声音又在催促：“主人，出门的时间到了。”

机械手让特鲁先生站起来，把他转移到房间的一角。特鲁先生靠近门时，门自动打开了。出现在眼前的是一个蛋舱——用结实而透明的塑料制成的鸡蛋形舱室，这是人人都在使用的交通工具。机械手把特鲁先生送入蛋舱。

“好啦，您走好，希望您今天也有精神。您不在家的时候，和平时一样，我们会替您打扫卫生，整理好房间。”

设备播放这些话的时候，蛋舱的门关上了，机械手按下旁边的按钮。“咔嚓”一声，在压缩空气的作用下，蛋舱被吸到了一条管道里面。这条管道通向城市四面八方，还能抵达大楼里的任何一个房间。蛋舱被强大的空气压力推动，任何一位乘客都可以在短时间之内到达目的地。

特鲁先生的蛋舱在管道中前进。安装在蛋舱前端的小型机器不间断地发出无线电信号，管道接收信号后，蛋舱就能在错综复杂的管道中准确无误地把乘客运送到目的地。

5 分钟后，特鲁先生的蛋舱出现在公司的门厅处，停了下来。

因为是上班时间，门厅挤满了公司职员。其中一位隔着透明的蛋舱，向特鲁先生打招呼：“早啊！特鲁君！你怎么了？你的脸色难看极了！”

可是，特鲁先生并没有从蛋舱中出来的意思。

打招呼的同事一边伸手拉他，一边扯着嗓子喊道：“好凉啊！喂，快叫医生！”

没过多久，医生通过那条管道赶来了。在人声嘈杂中，医生检查了特鲁先生的身体。

“情况怎么样？”

“已经晚了。特鲁先生以前就心脏衰弱，所以他心脏病发作了。”

“什么时候发作的？”

“嗯……死了大约有10个钟头了，应该是昨天晚上吧。”

生活维持省

“早上好，科长！最近的天气一直很好，真是爽啊。不过，一到下午，就会有点热。”

我站在上司的办公桌前，被微风吹拂着。风中带着嫩叶的香气，从敞开的窗户里徐徐吹来。

“嗯，早。今天只有这点任务。”

科长一边回答，一边面无表情地注视着远处蔚蓝天空中开始堆积的积雨云。接着，他一只手拿起桌上的几张卡片，朝我递了过来。

科长这种冷漠的态度可不是今天才有。我没放在心上，把卡片收起来，放进口袋里，然后回到我的位子上，对邻座的同事打了声招呼：“好！我们出门干活吧！上午你开车，好吗？下午换我来开。”

上车以后，同事把手放在方向盘上问道：“今天的行车路线，你是怎么安排的？”

我正要从口袋里把刚才那些卡片拿出来时，忽然改变了主意。

我对同事提议道：“哎呀，怎么安排好呢？天气这么好，就不考虑什么效率不效率、路线不路线的啦，我们兜兜风，开着车子慢慢转悠吧。先抽出哪张卡片，就先去哪个地址好了。”

“那样也好。分配下来的任务我们只要当天完成就好，就算是给单位出公差了。”他点了点头。

于是我把一只手伸进口袋，只抽出了一张卡片。

“嗯……先沿国道直行。”

同事发动引擎，我们离开了树木环绕的红砖大楼，也就是我们上班的地方——生活维持省[1]。

“真想早点转做内勤的工作啊！”

“是啊，但是，不先做两三年外勤，是不可能转内勤的吧？”

汽车缓缓行驶在没有几个人影的大街上。在静悄悄的早晨，街道两旁葱绿的树木在人行道上洒下它们婆娑的身影。人行道上不时可以看到推着婴儿车的母亲，牵着孙辈的手的老人，还有牵着爱犬急匆匆散步的美妇……

不一会儿，汽车驶过挂着红白条纹遮阳布的商业街，驶入了住宅区。

“等转内勤后，结婚成家，我打算住在那样的房子里。”

我让同事看我手指的地方。那是一幢旧式风格的宅子，坐落在大榆树底下，宅子周围的篱墙上缠满了玫瑰花。钢琴奏出

1　“生活维持省”系作者造词，相当于“民生维稳部”。

的平缓的古典旋律从窗户里飘了出来。演奏者不知是睫毛细长的美貌女性，还是手指纤细的白净少年？

要是住在那样的宅院里，清晨醒来时，睡在床上就可以听到鸟儿在晨雾中的树梢上欢歌吧？另外，在慵懒倦怠的下午，还可以听到树洞中几只松鼠啃咬果实时发出的脆响吧？

“我打算住在那样的宅子里。”

同事一边手握方向盘，一边用下巴尖向我示意。那是坐落在一大片池塘边上的一户人家。从开着的窗户里可以看到一位貌似房主的中年男子，他正在帆布上挥毫作画。到了晚上，从那扇窗户眺望的话，大概既能听到鲤鱼跳跃时发出的轻微扑通声，又能看到被打碎的一池明亮的月影吧？

“一片安宁啊。”

“一片安宁。”

我们沉默了一会儿，视线随着汽车前进。住宅逐渐稀少起来，汽车翻过了几座林木茂盛但坡度不大的山丘。

一对恋爱中的青年男女一边快乐地谈着心，一边蹬着自行车并超过了我们的汽车。同事目送着他们的身影，喃喃自语起来。

“社会能维持得如此稳定，终究要归功于政府的政策，也就是必须确保每位国民都拥有足够开阔的生存空间。”

对此，也不是没有任何不容置疑的余地。

我说：“那是当然。你大概也是看书才知道的吧？我们只要把很久以前的社会状况，和经过漫长年月后各项政策终于步入正轨的今天做个比较就知道了。如今这个世间，一切罪恶都不复存在了。强盗也好，诈骗也好，一切犯罪都消失了。连交通事故和疾病也不见了。据说，以前还有人想自杀，那真是无法想象的事。”

“的确如此，但有一点除外……”

“可是，你这种连最后一点罪恶都要铲除的想法是很难实现的，必要的罪恶已经不能称为罪恶了，假如把这点东西都铲除的话，一切岂不立即又要回到过去的混乱状态吗？”

同事对此没做回答，他慢慢踩下刹车。我定睛一看，原来是一只兔子从路旁的草丛中跳到了公路上，然后出现了一个气喘吁吁的少年。

“小朋友，就差一点啦。加油啊，逮住它！”

听到我的声音之后，少年稍稍停下脚步，转身朝后一笑。接着，他又跟在兔子身后，跑进了草丛里。

也许少年没过多久就会逮住那只兔子。在他家的晚餐桌上，估计他会脸颊发烫地大声炫耀，那个场面肯定热闹得不得了。

当汽车再次行进时，同事说话了。

“这附近应该不会有加油的地方吧？”

“前面的村子好像有卖汽油的店，我们在那里加油吧。”

汽车沿着一条小河行驶了片刻。清澈的河水倒映着蔚蓝的天空。我们驶近了这座村庄。

“你们今天在这边开展工作吗？”一位既开餐馆又经营加油站的老人见了我们之后，垂着目光问道。

“是啊，还要再往前一点。能不能给我们的汽车加点油？”

老人好像知道我们是生活维持省的公务员，他没有多问。

“辛苦您了。”

加完油的老人眨巴着眼睛目送我们的汽车远去。

“好啦，就在这附近吧？”同事又问。

于是我把刚才放在车座上的卡片又拿起来看了看。

“再稍微往前一点，然后左转。”

我们把车开到了窄一些的路上。

“我们就在这儿停车，好像是那户有花坛的人家。”

下了车，我们穿过花团锦簇的花坛，朝那户人家的正门走去。门铃发出清脆的声音。

“哪一位？”

一位妇女开了门，让我们进入屋内。此人好像就是这户人家的主妇，她身体健康，皮肤被太阳晒得黝黑。

“您家有一个叫作阿丽莎的女孩吧？”

“嗯，有。你们是哪来的贵客？”

我没有回答，而是用左手拉一拉衣领，示意了一下别在胸前的生活维持省的徽章。

“哎呀，你们这些阎王……”

女主人顷刻间脸色发白，一副就要倒地的样子。同事动作熟练地一把扶住她，接着麻利地让她含住苏醒用的药丸。

她在门柱子上靠了一阵子，然后用颤抖的声音小声叫道：“别打阿丽莎的任何主意！我可爱的阿丽莎都长这么大了……”

“虽然很遗憾，但这也是没办法的事呀！”我回答道。

“哪怕让我代替她也好啊，帮帮忙吧。”

“虽然时不时会有人提出这种要求，但要破例的话，可就没完没了了。社会秩序就会从根本上被闹得天翻地覆。好啦，阿丽莎她人呢？”

“她到附近的森林里摘树莓去了。起码总得留点和家人告别的时间吧？别那么急，可以吗？”

“这也不好办啊。这样不但她本人痛苦，而且大家也会更伤心，对吧？”

女主人用手拭了拭泪，似乎是在喃喃自语：“为什么一定要服从这样的政策？这哪受得了……”

“夫人，事到如今，您还说这样的话，那就不好办了。您应该明白才对。这是一个人人都可以悠闲自在生活的社会，环境宁静，空间开阔。这是一个即使不怎么劳动也可以得到想要东西的社会，人人可以根据自己的兴趣爱好选择读书、园艺、音乐活动。夫人习惯了这样的生活，就忘记了它的好处。另外，如今社会上已消除了因犯罪带来的烦恼、因疾病带来的痛苦。为了让如此美好的社会环境得以保持，除了大家遵守制定的政策之外，没有其他更好的办法了，不是吗？”

“不管怎样，这都跟阿丽莎……”

“如果大家都随性发表个人意见，无视该项政策，那会变成什么样子？社会很快就会像过去一样——人口暴增，眨眼工夫，连你们这个地方都会挤满乱糟糟的公寓大楼。然后，吵死人的婴儿啼哭声会从各个窗口传来，广场上是一群又一群没有受过教育的坏孩子。路上交通事故接连不断。当今社会要是像以前那样，阿丽莎能否活到今天这个岁数还不知道，不是吗？而且，时刻不能松懈的生存竞争会导致神经衰弱、精神错乱和自杀。人们所到之处无不弥漫着被污染的空气。如果变成那个样子的话，最后就只剩下一条路。一大群没个性的人，伴着噪声寻求刺激性的娱乐。照此发展下去，又会和从前一样——爆发战争。”这些话此前我不知重复了几百遍，所以我一下子就说完了。

“可是……”

“战争会把地球上的大部分地区以及那里的文明变成一片废墟。如果您是偏爱战争的人，则另当别论。多数人是不喜欢战争的。我也讨厌战争。为了避免战祸，大家必须公平地分摊责任。通过生活维持省的计算机系统每天选出卡片，这是绝对公平的。那些关于徇私舞弊的谣传，都是子虚乌有。对了，政策也不会因为是老人或孩子就差别对待。生的权利和死的义务，对谁来说都必须被平等给予。”

“可是，可是……”

不过，她已经不可能还有言之成理的理由了。所有人都遵守这项政策，不遵守是行不通的。

大门外快活的歌声由远而近。

“是阿丽莎小姐吧？”

主妇无力地点了点头。

“别出声！我们趁她不注意时悄悄下手吧。因为那样做，对她本人来说也会痛快些。”

我藏在大门的隐蔽处，从衣服内袋里掏出小型射线枪，解除安全装置，瞄准了那个小姑娘——此时此刻，她的嘴里还唱着歌，手里还挽着装满树莓的篮子呢。不知从哪里飞来的牛虻，轻柔的振翅声填补了扳机扣动之前的少许空当。

歌声中断时冒起的那股烟，随风飘摆，飘向花坛之上，最后不知所踪。那之后，我们回到了汽车里。

当汽车再次驶到宽阔的路面上时，同事问道：“好啦，接下来去哪儿？”

我从口袋里抽出下一张卡片。

“哦，去刚才经过的小河边那一带就好。”

“你说的‘就好’是什么意思？你想休息吗？”

于是我把手里这张写着我的名字的卡片给他看。然后，我把口袋里剩下的卡片和射线枪也交给了他。

“下午只好也劳烦你开车了。”

“不用那么着急吧？把你放在最后一个执行不好吗？”

可我还是一边平静地把最后的明丽景色深深印在脑海里，一边答道：“就这样吧。因为这是我自己定下的顺序。在这个没有可怕的生存竞争和恐怖战争的时代，能活到今天这把年纪，我已经很开心了。”

幸运铃

清晨，N 先生醒来了。今天，他打算换一件新内衣。

不过，倒不是因为他的内衣缝合处绽线了。恰恰相反，刚洗过的内衣看上去简直跟新的一样，正放在床边呢。

可 N 先生还是想换新内衣。于是，他撕开了包装纸取了出来，目不转睛地看了一会之后穿在了身上。

N 先生来到餐桌前，开始享用早餐：咖啡、面包还有水果。面包和水果都有包装。他哗啦一下撕开包装纸，取出来吃掉了。

早餐后，N 先生又拿起一瓶营养药。

“还剩了几片。算了，痛痛快快新开一瓶吧！”

其实，剩下的药片还没有过期，可他毫不在意地扔掉了，撕开新药瓶的包装。他凝视一会儿之后，带着一脸无趣的表情把一片药放进了嘴里。

然后在刷牙的时候，N 先生又从包装纸中取出一把新牙刷来用。可是，没有发生任何变化。他一脸沮丧，嘟囔起来。

“还是不行啊，幸运铃到底要到何时才会响起来呢……”

所谓幸运铃，是制造商联盟首次联手促销产品的一种新方法。为了走出商业萧条的困局，他们说服政府并得到了批准。虽不知是哪一位奇才脑洞大开，但这真可谓是一个金点子。因为，幸运铃一直效果显著。

消费者买下商品，拿回家后撕开包装。假如红运当头，在撕开包装的那一刻，幸运铃就会响起来。

也就是说，在商品当中，混杂着发出特殊放射线的商品。一旦包装去除，放射线就会辐射到安装在天花板上的铃铛上。而且，铃铛的音色明丽、余音绕梁。当然，放射线对人体无害。还有，只有打开包装才知道有没有放射线，所以，想在购物时甄别是不可能的。

幸运铃不仅仅用来奏乐。如果把响铃的商品拿到制造商联盟，还可以领到一笔巨额奖金——可供一个人啥也不干，吃喝玩乐、铺张浪费地过上大约三年。

每周都有几个人撞到好运。对生产商来说，消费剧增，就算故意不打广告，也挡不住销售额的节节攀升。这帮人赚钱赚疯了。

不用说，由于是一笔巨款，中奖率微乎其微。另外，根据商品价格的不同，中奖概率也不一样：铅笔一类的廉价商品中奖率低得离谱，而像钢琴之类的高价商品中奖率就高。

总之，不管是哪一种情况，中奖率都不会为零。这不是幻想也不是做梦，幸运就藏在现实中。也许它就在接下来你将撕开的包装纸的商品里。谁能断言不会那样呢？

正是这种心理，N 先生在期待之中接连不断地撕开新的包装。

刮好胡子之后，他打算往脸上抹些化妆水。虽然瓶里的化妆水还剩不少，但他还是选择从架子上取下一瓶新的，并撕开了包装。

难以形容他打开包装时的那种心情。也许，转瞬之间，幸运铃的铃声就会回荡在耳畔。还有巨额奖金供他恣意享乐。这样的期待不只充斥着 N 先生的大脑，还扩展到他的全身，让他沉浸在一种忘我的快感之中。

可以说，N 先生中毒了——他沉迷于撕开包装，不能自拔。可是，岂止是他一个人啊，消费者当中谁都是这样。中毒一词本来是不好的。然而，只有幸运铃是另外一码事。幸运铃每天给人带来新鲜感。不对，应该是每一个瞬间都给人一种新鲜感。

N 先生从包装纸里取出新的化妆水，可这次幸运铃还是没有响。他非常沮丧，抬头看着天花板上的铃铛，嚷了起来："喂！随便响几声不行吗？你究竟要到什么时候才响起来啊？"

铃铛上附有很多银色花瓣状的东西，等待着随时接纳辐射过来的放射线。可是这一次，它依然保持着沉默。

虽说这让他大失所望，但还远远谈不上绝望。究其原因，还是中大奖的可能性一直都在。只要拿起一件新商品，撕开它的外包装就可以了。如此一来，刚才那种失望的情绪就会消失得无影无踪。

他撕开了香烟盒的外包装。幸运铃还是没有响，他把烟叼在嘴里，点着火，吸了起来……

像这样的生活，N先生大约已持续了十年。只要冷静下来反省自己，他就会时不时地捶胸顿足、痛心疾首。

“啊——我真是个懦夫啊。如此不能自拔，如何是好！都怪幸运铃，到现在为止，我浪费了多少钱啊？我要是不追逐那子虚乌有的梦幻，把那些浪费的钱存起来，现在应该有很多积蓄了。”

攒下来的钱怕是和大奖数目不相上下。反省归反省，N先生却不能从幸运铃的魔掌中脱身。比起道理来，魔力实在是强多了。

干脆把那个幸运铃拆了扔掉吧，死了那条心也许就快活了。虽然他也有过像这样的想法，可就是做不到。

没有幸运铃的生活连片刻也无法忍受。每次在撕开包装时，他心里虽想：这个应该是吧，可又无法做出判断。眼见幸运女神从身边溜走，他做不到无动于衷。

N先生总有一种幸运马上就要降临的预感。但是，这种预感已经持续了十年，也许不能称之为预感了。可他相信这种感觉，对它言听计从。也就是说，他不知不觉地买东西，拿回家后又近乎无意识地撕开外包装。如此周而复始，没有止境。

“彻底完蛋了！我停不下来。我要是再这样混账下去，那就不只是在浪费东西，也是在浪费自己的人生，把宝贵的人生……”

这样的反省已经好几次了，不，已经几十次、几百次了吧，令人痛彻心扉。他痛恨自己明知道会这样但还是控制不住欲望，痛感自己真是一个既可悲又可怜的家伙：

“人生如果永远摆脱不了这种生活，不如尽快结束生命，一死了之。就算我长命百岁活下去也跟现在没什么两样。我身上虽然没有遏制这种中毒行为的力量，但了断自己的勇气还是有的。”

N先生买来剧毒药品。只需把它喝下，就能对这个充满了让人无法摆脱的痛苦的愚蠢社会，进行微不足道的复仇。

他在自己的房间里下定了决心，心如死水，不起波澜。如此一了百了，就再也没有什么好反省的了。

然而，他并没有喝下毒药。因为在撕开毒药的外包装时，他意识到自己还在聚精会神地侧耳倾听着——也许，幸运铃此刻会为我响起来吧？

尽管应该不留遗恨与懊悔，尽管决心冷静地告别这个世界，然而他这颗心依然被幸运铃吸引着，多么羞耻啊！活到了这个份上，他算是彻底失败了。在铃铛的嘲弄中自戕而死，这世上再没有比这更悲惨的事情了。

“多么残酷的装置啊！好的，说什么我也得让你这个鬼铃铛响起来。铃响之前我绝不去死……”

于是N先生扔掉毒药瓶，又撕开威士忌的包装，喝了起来。才喝了一半，他又拿出一瓶新的。尽管毫无必要，他又撕开了三块肥皂的包装，可幸运铃一点儿反应都没有。

N先生又过回了从前的生活。他热心工作，努力获取报酬。他大量购入商品，带着激动的心情撕开包装，然后对着沉默的铃铛失望。稍稍有所反省，之后又带着激动的心情把手伸向那些带包装的商品。生活如此日复一日，年复一年。

不久，N先生突然对幸运铃产生了怀疑，心想：它该不会出了啥问题吧？

这个铃铛附有绝不可能出故障的保证书。至于铃铛有故障之类的说法，就算是谣言也没有过。不过，所谓“绝不可能”的说法会不会太武断了呢？

一旦有了这个想法之后，就没完没了了。为慎重起见，N先生决定再装一个铃铛看看。

他立刻又买了一个铃铛回来，撕开外包装。这已是重复了几万次的动作了。要是这个能够响起来的话……

真的响了！说时迟，那时快，铃铛响了起来。它的声音是那样明丽，那么激越，那么洪亮，就像太阳神从天而降放声歌唱一般。

“啊！终于响了！这声音……”

N先生颤抖着身体，脑子里空空荡荡的，全身酥软无力，一下子瘫在地板上，泪流不止。

终于响了，这不是幻听。他用两手掩上耳朵就听不见，松开之后又听得见。啊！这之前的一切努力都没有白费。是的，他做的一切都不是白费功夫。

他一度放弃过，甚至连想死的心都有，而现在呢，他终于胜利了。瞧，铃声还响着呢……

一种抓住了幸运的真切感再一次充满了他的头脑和躯体。N先生恢复了理智。这时，他发现了一个问题：幸运铃确实在响，然而并不是天花板上的那个铃铛在响，而是新买的刚从包装盒里拿出来的铃铛在响。

一个在响，一个不响，这是怎么回事？有这样的事情吗？难道是天花板上的铃铛出了问题？于是，他用包装纸把室内所有东西都盖了起来，开始调查放射线是从哪儿发出来的。

一开始，他左思右想搞不明白，后来终于搞清楚了。放射线是从天花板上的铃铛那儿发来的。那个原本用来接收信号的花瓣其实就是放射源，所以那个铃铛本身是不响的。如果它也响的话，那就不能成为商品了。

原来N先生一直生活在幸运中——最初买来的天花板上的那个铃铛就是中奖商品。当明白过来之后，N先生立刻放声大笑，接着大哭，接着又大笑，那之后他一直哭个没完。

被热恋的男人

F博士是一位科学家。学问似乎也像赌博一样，有麻痹人的一部分脑神经的作用，F博士成了知识的俘虏。这个世界对F博士来说，好像没有别的有意思的东西了，只剩下做实验、阅读文献，日复一日重复着这样的生活。至于这样的生活有什么意思，我们是无法理解的。

总之，F博士热心于研究工作，热心过头了。岁月从没停下匆匆的脚步。一天早上，F博士看到镜子里自己的容颜，一下子觉察到青春已逝。他吟诵起李白的诗句："不知明镜里，何处得秋霜。"

"不知什么时候，我也成中年人了。一般来说，所谓的中年人，要么是社会的中坚，要么是人生的悲哀，要么是家庭的支柱，要么不顾家庭到处拈花惹草，这个词因每个人人生感悟的不同，而产生不同的语感。可我呢？一个没有任何人生感悟的中年男人，不仅是个单身汉，而且形貌渐衰。一生没有女人缘，没有孩子，空留这副中年男人的面容。如果认真想一想，我似乎是为了毫无意义的事情，耗费了最珍贵的青春时光。世上再没有回头路可走……”

这些话与沉迷赌博而失去全部家财，随后走投无路而反省自责的人说出的话是一样的。话虽如此，但这当中多少有点儿不一样。

“再怎么悔恨也无济于事。从现在开始，我要品尝青春的美好滋味，不管怎样，我都要挽回已逝的韶光。我要轰轰烈烈地谈一场恋爱。可是啊，镜子里照出来的这副既不清爽又不优雅的容貌，年轻女子怎么可能会对它着迷呢？况且，我并没有追求女人的绝妙手段。我该怎么办呢？”

由于是一位科学家，F 博士思考问题的方式多少有一点理论化。他进而得出了一个结论。

“解决这个问题，应该用科学的、适当的方法。少了它就行不通。这个方法该是……”

F 博士不停地想啊想啊，他终于一拍大腿。

“有了！就是让人坠入爱河的药。也就是所谓的摄魂药。如果把药水洒到对方身上，就会产生一种魔力，让对方自觉地爱上自己。如果能发明这种药的话，那就万事大吉了；而我好像就有配制出这种药水的才能……”

这样一来，F 博士又开始了日常的研究工作。只是这一次，他并非为了研究而研究，而是兼顾了个人兴趣、实际利益、人生目标与生活意义。如此一来，他的工作效率非常高。

有一种叫木天蓼的药草像施了魔法一样能让猫咪靠近它。

通过逆向推理，用这种药草研制出来的药水会怎么样呢？如果有人被洒了这种药水，她在嗅觉和情感之间会生成神经网络，从而被博士身上特有的气味所吸引……

在这种设想的启示下，F博士反复做了各种各样的实验。这完全是他最初热衷于做研究时的状态。既然是研发新品，就该研发适用广泛、药效显著且持久的药物。在研发过程中，F博士陆续融入了电、磁、放射线、特殊空间等物理学知识与理论。对别人来说，那是非常奇怪的药，对F博士来说，却是近乎他理想的药。F博士更加投入，在半睡半醒之际，他获得了改良药水的金点子。他终于迎来了药水制成的那一天。

“终于完成了，万岁！这样就没问题了。不管从哪个方面考虑，它都堪称完美。”

F博士虽想就药效做个简单实验验证一下，但他还是放弃了。开发出来的摄魂药不但效果显著，而且能持续半年之久。如果用在一个不正常的女人身上，半年之内，都会被她缠着不放。应该省略这个环节，直接把它用在一个既理想又实际的目标身上。

摄魂药是一种粉红色的液体，给人一种与药物的实际作用刚好吻合的感觉。F博士小心翼翼地把它倒进安瓿瓶里，然后把瓶子装入胸前的口袋里。现在的他，打心底里充满了自信。因为他有了让任意一个对象对自己着迷的力量。

“好了，该出去物色美女了。”F博士开着车来到大街上。

从前寻花问柳的阔老爷们估计就是他现在这种心情吧。人群中只要看到喜欢的人，点个头就是自己的了。

美女的影子时不时地映入眼帘。不过，手中有了这种万能的力量，F 博士变得小心谨慎、眼花缭乱起来。一旦疏忽大意，使用药水不当，就会后患无穷。F 博士出于种种原因茫然失措，只好让汽车一直行驶。

过了一会儿，眼前出现了一个让他大吃一惊的美女。F 博士心中一动，下意识地踩了刹车。怎料这一脚刹车踩得太急了。安瓿瓶从他胸前的口袋里飞了出去，撞到前挡风玻璃上之后裂开了。价值千金的药水在车内洒得到处都是。

“哎呀，真是成事不足，败事有余。眼睁睁看着那个美女溜走了。不过长期以来的心血并未因此化成泡影，药水的制作方法都写在了笔记上。想做的话还是能再配制出来的。那就再来一遍吧。”

F 博士并未灰心，他打算暂且回家去。

在回去的路上，发生了异常情况。车里面虽然只有 F 博士一个人，但他总觉得好像还有另一个人。他觉得驾驶座好像缠绕着自己的身体，像有人从身后抱住了自己。

另外，触摸方向盘时的手感也怪怪的。方向盘摸上去感觉不只是一个物体，而是给人一种温暖的、活生生的感觉。有点恶心。大概是吸入药水的副作用吧？到家的 F 博士急急忙忙下了车。

可当他刚要走进家门时，身后的车喇叭响了起来。什么人也没有，它是自己响起来的，而且喇叭的音色和平时不一样。那是一种妖媚的、撒娇式的、使性子般的声音，一种想要把博士叫回去的声音，总之包含了那类情感。难以想象那是机器发出的声音。

F博士想找到故障点，却完全搞不明白是什么地方出了什么毛病。他打开车门，钻进车内，屁股刚落到座位上，声音就停了下来。座位从后方抱住了他。他觉得好像闻到了一股特别吸引人的气味。

仪表盘上的灯光像是暗送秋波似的眨起了眼睛。只要凝视着闪烁的灯光，F博士就有一种说不出的感觉。还不止这些。虽然没有按下按钮，汽车收音机却响了起来。这是一首甜得醉人的情歌。

“这都怎么了？”

F博士想换一个台，于是胡乱摆弄起收音机来。可不管他怎么捣鼓，播放的一直都是那首情歌。不一会儿，更可怕的事情发生了。伴着播放的歌曲，还传来了说情话的声音。

“嗯……讨厌嘛……谁让你离开我的！我们永远在一起嘛……你不在我身边，我感到好寂寞哟……”

没完没了，全是些像这样傻里傻气的甜言蜜语。座位好像跟着起了反应，把F博士抱住了。事态愈演愈烈，非同小可。

F博士自言自语道：“酿成了不可思议的后果啊。太惊人了。我怎么也没想到，摄魂药不仅对生物，对汽车竟然也有效。这个药效比我预想的更厉害。这也证实了我的理论的正确性。话虽这么说，可它带来了一点小麻烦啊……”

F博士下了车。汽车的喇叭又开始鸣叫起来。

“喂，回到这儿来吧！我不想和你分开！”

悲戚的声音又响起了。汽车喇叭一直鸣叫着，左右邻居抱怨起来。F博士连忙把车库改成了隔音的，这才算缓了一口气。

那辆情窦初开的汽车什么时候才能停止发情？F博士想起摄魂药的药效会持续半年之久。这样下去，他怎么忍受得了？

一位朋友时不时登门拜访F博士，他说："你的汽车可以借我用一下吗？"

"当然，一直借给你好了。你要是愿意，就算不还，也没关系。"

面对博士这番慷慨大方的言辞，朋友很高兴，但当他要上车时，却未能如愿。首先，车门怎么也打不开。他强行打开坐上去之后，汽车收音机肆意鸣叫起来，都是一些刺耳的响声。即使他忍受了这一切，汽车也不会前进。

假如乘车的是一位女性，事态就变得更严重了。从座位里会冒出针一样的东西，持续不断地扎她的屁股；而且还有不知从何而来的电流，让她身上发麻。这让人在车里待不下去。因此，除博士本人之外，其他任何人都不能乘坐这辆车。

当F博士把它卖给二手车商贩时，汽车喇叭悲鸣不已，这让买家感到毛骨悚然，于是博士无功而返。汽车卖不掉，也扔不掉。虽然他也想过另购一台新的，但如果那样做的话，发情的汽车会冲撞新车，把新车撞坏，或是把它赶走。

这是一个无法收拾的烂摊子，除了等待摄魂药失效，没有其他好办法。F博士做好了心理准备。虽然要是汽车变得残暴，或者变成吸血鬼，事情会一发不可收拾，但那也是因为它爱我。它该不会忍受不了我吧。另外，它既然爱我，应该不会出交通事故，安全上就有了保障。

F博士有时也会开车出门兜风。虽然速度快，车却行驶得稳稳当当。开车时他身上有一种痒痒的、奇怪的感觉，不过习惯了之后，也不觉得那么难受。像这样的驾驶体验，全世界大概只有他一个人有吧。没过多久，F博士开始觉得自己对汽车产生爱情了……

此时此刻，半年时间已过，摄魂药失去了功效。汽车恢复到原始状态。它除了是一辆车之外，别的什么也不是。汽车喇叭也不再发出娇滴滴的声音了。然而，博士并不为此感到遗憾。虽然被车所爱并不是一件坏事，但来自人类美女的爱情更令人惬意。

F博士根据笔记，重新配制了药水。这一次，该用得得心应手了吧？用得巧妙，药水方才成为摄魂药。如果用错地方，就成闹心药了。他把药水装入安瓿瓶，放进口袋中。不过，他这次出门不开车了。得多加小心才是。

避开上下班高峰时段，F博士来到大街上。当他在马路上一边走一边瞪大眼睛东张西望时，迎面走来一位美女。她不仅漂亮，而且文静。就选她！

F博士跟在擦身而过的美女身后追赶。他边走边打开安瓿瓶的瓶口。接下来，只要朝她洒药就行了。那样的话，美女很快就会朝他扑过来。然后……

不知是因为兴奋手发抖了，还是因为宛如做梦没有对准目标，抑或是当时被什么东西绊了一下——总之，药水洒偏了，没有洒到美女身上，反而洒到了旁边的一家店铺里面。那是一家鳗鱼店。厨师的手里正抓着一条大鳗鱼，马上就要进行烧烤。

被洒了药水的鳗鱼蜷缩起身子，从厨师手里“哧溜”一下逃跑了。它从店里跑到马路上，朝F博士追了过来。博士慌忙逃窜，鳗鱼却紧追不舍。过往的行人对这一幕很感兴趣，他们一边看一边大笑，就连刚才被当成目标的那位美女也跟着一起笑了起来。

“好像又出大纰漏了。”

为了不引起更多人的注意，F博士停了下来。鳗鱼很高兴地溜了过来，然后从F博士的裤脚里钻了进去，绕在他的腿上，再向上攀爬。那是一种无法形容的触觉，但F博士对强烈的药效非常了解，他根本不能三两下就把鳗鱼赶跑。

F博士扬手拦下一辆出租车坐了进去，恨不得立刻到家。他刚坐下，裤筒里的鳗鱼就爬到了他的肚子上，让他痒得受不了。

他情不自禁地笑出了声，出租车司机一脸奇怪的表情，问道：“您好，发生什么事了吗？”

“没有，啊哈哈。没啥事。啊哈哈，开快一点！”

“您笑得好奇怪啊。不舒服吗？”

“有一点儿，啊哈哈。”

F博士虽然设法赶到了家里，可鳗鱼怎么处置，他感到非常棘手。但逮住它之后不管怎么处置，都不该由自己这种外行人来。F博士展开了一番恶斗。鳗鱼却非常高兴，它一边蠕动一边卷绕起身体，像是在被人快乐地挑逗着。

F博士想消灭它，于是从附近的鳗鱼店叫来了专业人员。药力作用下的鳗鱼好像抱着“为了所爱的人，不可以轻易死掉”

的决心灵巧地四处逃窜。F博士心生怜悯，打消了置鳗鱼于死地的想法。

“与其被这种东西纠缠不休，还不如被汽车骚扰。然而为时已晚。在这半年里，非得被这个家伙折磨不可……”

非同寻常的日子又开始了。即使他看不见鳗鱼的身影，但这并不代表他能够安心。早上起来，F博士刚把水龙头拧开，鳗鱼就从水龙头里面“哧溜”滑下来，做了一个表达“早上好”的身体动作。让F博士谢天谢地的是：鳗鱼身上没有发声器官。它要是发出娇滴滴的声音，谁受得了啊。

有时，它还会出现在马桶里。F博士以为它会被冲到下水管道里去了，刚安下心来，它又用某种方式回到了某个地方，比如突然从花瓶里出现。这全都是为了吸引F博士的注意，应该是表达爱意的手段吧？它形影不离地缠着他。

F博士想研究一种可以解除摄魂药药效的药物，虽然下定了决心，但他的生活中根本挤不出一点时间。和鳗鱼同居一室，他没法静下心来工作。

为了摆脱鳗鱼，F博士甚至尝试用很热的水泡澡。可是鳗鱼根本不把热水当回事，也跟他一起进了浴池。爱情的力量超过一切。在药效还起作用的这段时间里，它大概修成了不死之身。因为摄魂药很完美，所以不可能出现死亡现象。

浴池里的鳗鱼在F博士的背上滑来滑去。它嘴里叼着肥皂，很有技巧地帮他涂涂抹抹、蹭来蹭去。肥皂把身子弄得滑溜溜的，鳗鱼在他背上蠕动伸展，F博士痒得打滚，而鳗鱼却乐不可支。

就算环境再不正常，他也只能适应了。硬要逃也逃不掉，只会让自己疯掉。于是F博士采用宠爱的方法对待鳗鱼。他们一起从浴池里起身后，博士给它喷了些化妆水，让它喝了点酒，还把它放在一张特制的床上睡觉。“鳗鱼的床铺”[1]在这里以这种形式实现了，就连博士本人也没有料到。

恐怕有人会认为F博士用不着礼遇它。然而，比起鳗鱼钻进博士的被窝，这样不知好了多少。如果鳗鱼整个晚上都在他的皮肤上蠕动，他睡不成觉，体力便会消耗殆尽。也许还是鳗鱼精力充沛，身为人的F博士只是脆弱的生物罢了。

F博士只祈求一件事，就是这半年早点儿过去。

摄魂药两次投放都未取得成功。不，不止两次，这之后仍旧如此。只怪药水效果如此显著，怎么能因为两次失败就此作罢呢？

第三次是在动物园。F博士在那里发现了一个美女。可是，他当时又失手了，药水洒在了秃鹰身上。原以为秃鹰被关在笼子里不要紧，谁知第二天，在强烈感情的驱使下，它不知怎么的挣脱了束缚，飞到了F博士家。

早晨，一阵敲打窗玻璃的声音把F博士吵醒了。他拉开窗帘一看，那只秃鹰在窗外乐呵呵地笑着。秃鹰竟对自己爱慕到如此程度，这让F博士感到毛骨悚然。秃鹰让人想到死亡，但它对F博士的行为是在表达爱情，情况因此变得复杂起来。

1　日本将狭长的住所称为“鳗鱼的床铺”。

F博士又不能外出了。只要从家里走出去，秃鹰就会在他的头顶上一边飞舞一边跟着移动。看到这一幕，人们好像很厌恶，窃窃私语着。不管走多远，秃鹰都能跟着飞，所以旅行也只能作罢。和鳗鱼不一样，秃鹰是鸟类，晚上要睡觉，这让他感到万分庆幸。买东西也好，散步也好，F博士只在夜间进行。除此之外，他只能企盼这半年早些过去。

第四次他总算把药水洒在了人的身上。然而，却不能说成功了。当F博士在美女身后正要洒药水时，他的手被警察抓住了。

“喂！泼硫酸的恶魔……”

药水洒在了喊话的警察身上。虽然很快就知道这不是硫酸，也够不上刑事处罚，却招来了比这更严重的后果。警察和博士亲密了起来。

警察有家不回，住在了博士家里。事情发展到这个地步，博士已经对任何不正常的现象都不感到吃惊了。这就像免费雇了个保镖一样，岂不是白捡了个便宜？

可是，警察的妻子很快查明了这件事情，找上门来大声抗议。

“还以为你去哪儿了呢，居然跑到这种地方来了！还有你竟敢勾引我的丈夫！你真是一个又变态、脑子又有问题的科学家……”

F博士还没来得及说点什么，警察就殴打了他的妻子。

“给我住嘴！我被这位男士的魅力深深吸引，是自己来的！”

争到最后，警察掏出了手枪。这个混乱的场面简直和漫画上的一模一样。F 博士对夫妻俩好言相劝。

“好了好了，出现这种事情大概也是某种缘分吧。只需半年就会结束，你就忍一忍吧。”

自那一天之后，警察的妻子也住进了博士家里。夫妻俩天天你争我吵，没有消停过一日。有次争吵时，警察的妻子在不知情的情况下扔出了那只装了摄魂药的安瓿瓶。瓶子无意中砸中一位进门推销保险的女子，她立刻对警察的妻子热乎起来了。不久，女子的丈夫也掺和进来，一场口角爆发了……

这场不知几角关系的大骚乱持续了半年之久。

这场闹剧终于结束了，F 博士身心俱疲。摄魂药虽然还剩了一点，但他已经不想再用了。尝试了这么多次，没有一次成功的。摄魂药说穿了，其实是一种违反自然法则的东西，所以遭受惩罚也是在所难免的。也许是最初配药时，虽然没有看见，但站在身旁的并不是幸运女神，而是不幸女神，不幸女神中了他的摄魂药。至于其中因果，如何穿凿附会，怎么解释都一样。既然每次都碰钉子，这意味着此后也不会好到哪儿去。

“不会有什么好结果的。摄魂药一事就此罢手，画上休止符。”

F 博士把笔记烧了。他打算把药水投入小河，于是拿着还剩了一些药水的瓶子出门了。但是半路上，他坐在公园的长凳上想了起来。哎呀，扔到河里去，这样的做法也得想一想才行啊。药水也许会洒到鱼身上，也许会洒到孑孓身上。要是万一碰到了河童呢？没想到连扔掉它都这么费事……

F 博士双手抱头站起来，这时旁边响起了一个声音：“喂，你有什么东西掉了。”

一个老妇人用手指着那个瓶子。

“啊，你说这个呀，这个不要啦。这玩意儿还是忘记它比较好。”

“可它看上去好像是一个很重要的东西啊……”

“里面剩了一些摄魂药，不要了。留下它不会有什么好下场的。”

“摄魂药？你说的是真的吗？”老妇人表现出很感兴趣的样子。

博士说道：“是真的。”

“如果您不要的话，可不可以给我呀？”

“想拿您就拿去吧。您可以把它洒在别人身上。虽然您可以想怎么用就怎么用，但不管发生了什么，我概不负责啊。”

听了这话，老妇人很高兴地拾起瓶子，拔开瓶塞，把里面的药水洒在了博士身上。

身份识别机

有一种机器被人发明出来了。应该用“身份识别机”之类的名称来命名它才对。换言之，这是一种可以证明某人是他本人而非别人的装置。

还是用更容易让人听明白的方式解释一下为好。假设某人持有身份证或信用卡之类的东西，未必可以百分之百断言：该持有者就是证件的合法持有人。为了解决这类问题，该机器应运而生。

使用者把卡片插入机器后，一边发出声音，一边把一只手放在机器上就行了。机器瞬间就能识别出他是不是卡的合法持有人。在卡里预先录入指纹和掌纹、声音特征以及血型等信息，机器能显示出使用者提供的数据是否与此一致。不过，虽说要验血型，但不需要抽血。用人发声时带出的唾沫星子就可以查出血型。该机器的优势体现在它可以瞬间完成以上所有程序。

这真是个方便的东西。以前信用卡如果遗失的话，很可能被拾到的人恶意使用。于是，信用卡持有者、银行还有保险公司，他们中必有一方蒙受损失。而这个机器可以帮助我们消除这种危险。

印章这种玩意儿也不靠谱。到底是在本人同意的情况下盖的呢，还是某人未经允许擅自盖的，抑或是从商店买了一个来盖的呢？这对第三方来说，的确是真假难辨。由此产生的纠纷不知有多少。虽然有印章登记备案这个方法，可也不是万全之策。假如印章被盗，就万事皆休！

身份识别机一举解决了上述问题。它真是适合这个电脑普及时代的机器，不，是不可或缺的神器。是不是本人，真假立判。

理所当然地，对个人身份识别机的评价，出现了批评的声音。反对者认为：这岂不是对人不再信任了吗？不过这种批评不久就销声匿迹了，因为安装了这种机器的宾馆抓到了几个捡到别人的卡并企图盗用的家伙。对坏人来说，这机器是一个难以应付的存在。对好人来说，它没有一丝危害。为了让诚实而正直的人不被看作傻瓜的社会早日到来，个人身份识别机在这方面应当发挥它的作用。

总之，这是一项根据现实情况进行的有益尝试。

身份识别机的发明人申请了专利，开始着手生产。工厂很快发展壮大起来了，因为产品需求量相当可观。有了它，做买卖时就不必对客户疑心重重。

厂家并不出售这种机器，而是租赁给各大企业。不单台零租，而是一次性租出两台。如果一台发生故障，就用备用的。

在此期间，厂家会把新设备送到客户那里，再把故障机器拿回去修理。工厂运营平稳，没有发生过租金收不上来的情况。

生产身份识别机的厂家并没有唯利是图，他们还致力于改良卡片——制造出一种无法伪造的卡。无论机器多么精良，如果卡片很容易伪造，那一切就失去了意义。唯有两者很好地结合，才称得上是完美的。于是，伪造不了的卡终于被研发出来了。

厂家广而告之，立下誓言：凡因机器判断错误而蒙受损失的，不论金额大小，本公司一律全额赔付。

社会上常有一些怪人。那些想方设法要得到这笔补偿款的家伙虽是少数但确有其人。然而，他们的各种尝试都失败了。他们既伪造不了卡，又骗不过机器，信用卡诈骗成了不可能的事。

就算卡片遗失，也不必担心被人盗用。卡片与其合法持有者若不是物主两在的话，卡片就毫无价值。捡到卡之后动歪脑筋的人也就不复存在了。

丢卡的人只用去一趟卡片发行中心，经确认身份后就可以补发。卡的非法使用只剩下一种情况：对持有者施以催眠术，控制他的行动，随意差遣。不过这样的例子极为罕见，也谈不上是机器或其制造商的责任。

这样一来，厂家积累起了信用和业绩。大家也习惯了这种机器。不用说，厂家赚了不少钱，并把其中的几成拿来作为研发资金——持续改良卡片和机器，使之变得更加完美。因此，想挑战身份识别机的家伙总是一败再败，也没有发生过厂家向受害者赔付补偿金的事情。

厂家迎来了创业十周年。他们又是发布贺词，又是给员工们颁发特别奖金，又是招待使用公司产品的企业相关人员。每个人的脸上都是笑嘻嘻的。

那之后，董事与干部们举行了盛大的二次聚会，他们租了大型游艇，搞了个海上庆祝宴。席间，作为发明人的总经理发表了致辞：

“承蒙诸位努力工作，公司才顺利发展至今。没有出现竞争企业，我们可以说是独霸天下。这也是诸位尽全力严守企业机密的结果。在这一点上，拜托大家今后仍要多加注意……”

总经理一再叮嘱也是理所当然的。保密这一关如果出现纰漏，公司就会彻底完蛋。根据申请的专利，机器的基本部件是受法律保护的，图纸可供第三方查阅。

然而，实际制成的机器除公开的部分之外，还包括了大量的企业机密。这是理所当然的。如果完全公开制造方法，肯定会有人在看了之后想钻空子。虽说专利受法律保护，但碰到那些蓄意犯罪的家伙，也无计可施。另外，对损失的赔偿申诉也会转到厂家这边来。

之所以采取只租不卖的运营模式，也是出于这个原因考虑。得防止有人拆开来进行研究。假如有人试图打开机器，包含最高机密的那部分就会自动发生小型爆炸。

现在的问题只是担心机密会从工厂内部泄露出去。为了防止这类事情发生，公司也采取了相应措施，那就是只有干部才能掌握机密。向外界泄露机密意味着失去高薪职位，所以这帮人没理由泄露机密。就算泄露了，其他公司也不会马上就能推出仿制品。

干部不管是谁，他们各自都只知道机密的一部分。要想知道全部机密，得收买所有的干部，让所有人说出机密才行，而这是不可能办到的。知道全部机密的只有三人，他们是总经理、副总经理和常务董事。最高层无论如何也不会背叛公司。出于上述原因，机密得以保全。只有那些以身试法的家伙和该行业的间谍一直深陷在对这台机器攻而不克的困局中。

总经理对大家说道："严守机密，不断改进！在这两点上只要大家不马虎大意，我们公司就会取得更进一步的发展。请大家多多关照！"

接着大家便举杯开席。大型游艇上和睦而友好的庆祝宴会开始了。真是诸事顺遂。

然而，灾难却在始料未及的时候降临了。当时，在没有海啸预警的情况下，惊涛骇浪奔涌而来。游艇倾覆，接着很快就沉没了。人们既没有发出求救信号的时间，也没有工夫穿戴救生护具。再加上是夜间，绝大多数人都被淹死了。

只有几个体力充沛的年轻干部，千方百计游到岸边，才幸免于难。以总经理为首的重量级人物全都消失在大海里。

虽然是怎么也没想到的非常事件，但事故造成的影响还没有马上波及社会的角角落落。在身份识别机用户那儿，大家都还有一台备用机器。另外，厂家动用还活着的人，想方设法维持生产。

可就在这节骨眼上，发生了备用机器出现故障的情况。一位男客户出示银行卡，准备从银行提款。

"承蒙您再度光临，非常感谢。请把手放在这台机器上……"

在听到窗口女柜员的提示之后，客户拿出信用卡，把手放在机器上，嘴里说了声“啊——”，就在这时，机器发生了故障——侧面显示故障的红灯闪烁起来。

见此情况，女柜员说道：“哎呀，对不起，不能给您提款。”

“这是怎么回事？你是说我不是卡主吗？”

“不是的。是这台机器发生了故障，现在不能确认您是不是卡主本人。”

“不管怎样，我急等着用钱。卡主错不了，就是我本人。你刚才不是还在说‘承蒙您再度光临’吗？就是说，你认定是我之后才打的招呼，对吧？因为我常来，所以你才记得我的面孔，没错吧？”

“可是，没有机器的确认……”

“给我搞清楚点好不好！我的账户上有钱不是吗？”

“嗯，有的。”

“另外，我本人也在这里。你认识我这张脸吧？”

“嗯，事实上，您的脸虽然眼熟，但我没把握确保万无一失。自从引进这台可以彻底信赖的机器之后，一切就靠它啦。不需要记住顾客的长相和声音，我们也彻底放心了。因此，我们只是机械地重复‘承蒙您再度光临’这句接待时用的寒暄。”

“也许是那么回事。但不管怎么说，我要取钱。你就想个办法支付给我吧。”

正当他们争论不休的时候，分行行长走过来并做出了判断。

“利用我的权限来给您支付吧。这次没有启用机器，客户到底是不是本人，连我也没有把握。不过，从这之前的情况来看，还没有一位客户企图蒙骗这台机器，因为立刻就会被机器识破。基于这一点分析，我做出了可以信任您的判断……”

客户走后，分行行长说：“把刚才支出的那笔钱给我备注一下。万一刚才那位客户不是本人，就说这是机器原因造成的损失，向厂家索赔。因为这次不是机器误判而是出现了故障，所以还不知厂家会不会答应赔偿。不过……”

分行行长歪着脑袋思考。

“比起误判，机器出现故障倒是一个大问题。办事拖延了，给客户添了麻烦。给厂家打电话，叫他们快把能正常工作的机器送过来。最近厂家的售后服务不给力啊。这之前，在动用备用机器的时候，新的机器就送来了。”

电话打过了。机器很快就被人送了过来，因为厂家多少还有些库存。

还有这样的情况发生。某公司大门口放着一台机器。出差回来的员工把证明身份的卡片塞了进去，然后打算朝办公室走。这时，机器发生了故障，红灯亮了，门卫便拦下那名员工。

“啊，不可以进去。因为机器发生了故障，不能确认是不是你本人……”

“你在说什么？你不可能把我忘了呀！”

“规定，这是规定。”

“好吧，从我那个科室里叫个人过来，不管是谁。我是营业三科的。总该有人能为我做证吧。这太荒唐了……”

那个科室的科长和另外三个人走了过来，他们看到了在大门口进不来的员工。员工求助道："请大家证明一下我的身份，让我进去。"

"乍一看确实像本人。可还得以防万一，说不定是行业间谍呢。整容技术日新月异。经过整容，有人可以变得和他本人一模一样。正因为这样才安装了这台机器。可是，越看越像他本人啊。"

"我没有跟大家开玩笑。我就是我本人啊。去年公司员工旅游时，为了助兴，我来了一段杂技表演，科长表演了倒立。这次出差之前的晚上，我们还一起在酒吧喝了酒呢。就是我本人啊。"

"的确在酒吧喝过酒。可是，这些话不能百分之百地证明你就是他。如果这些可以证明你是他本人的话，还要这机器干吗，对口令就完事了。"

"别闹了好不好啊……"员工哭着哀求道。

科长和几个下属商量了一下，拿定了主意。

"让他进来！假如因此造成损失，生产厂家会赔偿我们的。如果是别人冒名顶替，让人把损失计算出来。赔偿的数字金额务必写得清清楚楚。不管怎样，机器发生故障可麻烦了。给工厂打电话吧，催他们快点送货。这阵子巡视员好像懒得够呛。是不是厂家的生意红得发紫，就得意扬扬起来了？"

为了让库存的在库周期长一些，被催货之后，厂家嘴上说送货，却一拖再拖。

某宾馆礼堂里正在举行结婚仪式。在证婚人面前，新郎、新娘要填写材料并署上大名。宾馆的一台机器被人运来放在旁边。可一插入身份证，红灯就开始闪烁，显示出了故障。

婚礼主持人向证婚人问道："赶上这时机器发生故障，如何是好?"

"我仅仅负责见证签字过程，对其他事项概不负责。我个人的看法是，机器识别一环可以省略。可是，如果这当中的一方并非本人，而是被其孪生兄弟姐妹调包了也不是没有可能。这种情况不好断定。因为婚事是在双方同意下达成的，就算发生了那种情况，新郎、新娘心知肚明的话，也没什么不可以。"

新郎、新娘面面相觑。

男方心想：恋爱一年了，终于盼到这个大喜的日子，可我却被人如此郑重其事地提醒，真是……

女方心想：我确实是我，但是他确实是他本人吗?

两人都犹豫起来。他们的成长过程中一直有这样的机器，一旦没了机器，他们就陷入了恐慌。他们不知道还有没有其他的识别方法。

证婚人说道："那么就签名延期，等新机器送来之后再进行吧。尽管出了事故可以提出索赔，但结错了婚这事可不是有了钱就能恢复到从前的。在这么关键的时刻机器发生故障……"

幸亏宾馆里还有一台身份识别机。很快，它就被人运了过来，签名环节结束了。但是，由于这个原因，婚宴还是耽搁了一些时间。

还有这样的情况：路边一位老人正遭受着痛苦。救护车驶来了，他被附近的医院收留下来。这时，医院的那台身份识别机发生了故障。可是，无论如何也不能不救这位病人。虽然做了救治，但由于病情急剧恶化，患者死亡了。医生们为此大伤脑筋。

“这下麻烦了。在他痛苦呻吟的时候，本来我们可以用机器识别一下他是不是身份证上的那个人，但身份识别机在关键的时候掉了链子。死亡证明书怎么写？要是因交通事故当场死亡，如此填写就完事了，可他是在我们这里咽气的。不过牵涉到他是不是身份证上那个人的问题，我们就无法负责下判断。把死者家属叫来吧。”

通过联系，死者家属赶来了，说道：“他的确像我爸爸，而且我爸也有患心脏病的倾向。可是，不经过机器识别，什么都不好说啊。请大家理解一下我的心情。我希望此人不是我爸爸，而是无意中捡到了我爸爸身份证的某个人。我不想一口咬定他就是我爸爸。”

“可是，他穿的衣服你总该感到眼熟吧？黑痣的位置啊，他身上应该有你熟悉的地方才对……”

“身份识别机出现之前另当别论，那时衣服和黑痣是决定性的证据。可如今，最靠谱的只有身份证和机器！我不记得爸爸有那样的特征，不，要是记得的话，反而会酿成错误。”

家属不愿认尸，把尸体运到身份证发行中心才证明了身份。葬礼也因此耽搁了很久。

在这期间，厂家并非悠闲无事。他们一边少量出货，一边千方百计解决机器故障。有的机器只是露在外面的电线断了，很容易修好。但这种情况只是极少数。

大多数故障毫无头绪，不知该如何修理。机器在生产上也处于停工状态。知道如何制造关键部分的人，大部分已经离世，而活下来的干部只是零碎地知道一部分信息。

有人抱着说不定能发现什么的心态把机器拆开来研究，结果刚一拆卸就发生了小爆炸，关键部件消失得无影无踪。这是防止机密外泄的一种自毁机制。海难幸存者中有一位干部活用还记得的知识，终于在没有发生爆炸的情况下，成功拆除了机器的盖子。

可是，接下来的工作并不容易。哪里出了什么毛病还是不明白。参考申请专利的设计图也无计可施。为了防止伪造，机器也好，卡片也好，除指纹、声音和血型之外，好像还用了某种工艺。

采用了什么工艺呢？是每个人特有的皮肤上生物电的传导方式吗？还是指骨的 X 光透视？还是静脉的位置？可能性太多了。

有人也试着打开过保险柜，可关于工艺之类的文件，一份也没有。文件是泄密的根源，记录只存在干部的脑子里。

如此一来，除了重新再来一遍，别无他法。研究室里还保留了一些实验数据。虽不知哪一条数据被应用在机器上，但以这些数据为基础，似乎也不是完全不能研制出新产品。

可最要命的是，库存机器已经告罄，开发新款是需要一些时间的。厂家通过媒体告知用户：在转轨生产改良款产品之前暂时停产，停产期间不受理故障机器的赔偿。除此之外别无他法。

世间变得有些莫名其妙了，例子不胜枚举。比方说，有一个人茫然地走在大街上，朋友对他打招呼："好久不见。最近如何？"

"你虽然像我的朋友，但你真的是我的朋友吗？我自己是谁，我真是我自己吗？搞不清楚了。”

“现在搞不清楚也没关系。不久，新的身份识别机上市的话，一切都会恢复到从前。”

“可是，在新的识别机问世之前可麻烦啦。妻子开始怀疑我啦，她说：‘你真是我的丈夫吗？不用识别卡确认一下不放心。在新机器问世之前，你不能进这个家门。’”

“那好可怜啊！要是没有地方住的话，那你就上我家来吧。我到底是不是我？我们可以一边喝酒，一边讨论这个哲学问题。你在我家一直住下去也没关系。”

“太谢谢你啦。可是，这会给你的家人添麻烦的吧。”

“哪里的话，没事的。我家现在空空荡荡的。因为在识别机恢复正常之前不能相信对方，我把老婆赶出了家门。”

理想的推销术

“喂，把企业开发部的部长给我叫过来。”一家大食品公司的老板 R 先生吩咐道。

秘书联系了部长。不一会儿，部长来了。

“老板，您有什么吩咐？”

“也没啥，就是一直以来研究的合成牛奶的事情。后来的进展怎么样啦？”

“如果是这件事的话，您该高兴才是。试制品终于完成了，这就向您汇报。请看这个。”

部长把几个瓶子摆在桌子上，每个瓶子里面都装着白色的液体。

R 先生问道：“全都是吗？”

“不是的，我想请您品尝一下比较比较，所以混在一起带了过来。您肯定分辨不出哪个是合成的，哪个是天然的。这也是理所当然的，因为它们的成分完全一样。从蛋白质、脂肪到矿物质、维生素，全都一样。可以说，这是我们公司技术团队的一大成果。”

R 先生品尝了一下，仅凭口感和味道，确实难以区分。

“干得漂亮！”

“从营养角度分析，合成牛奶不亚于天然牛奶。虽然在价格上它还和天然牛奶差不多，但应该很快就会降下来。”

“不错！那就快点大批量生产，想办法销售吧。你去通知大家。”

如此一来，合成牛奶实现了商品化，并大量涌进了各销售渠道。然而，销售额并没有达到预期。

原因并不出在消费者对合成牛奶有偏见上，也不是宣传不力或销售部门没有用心。原因在于牛奶的消费量是有一定限度的。人们的饮食方式出乎意料地保守，不是随随便便就能改变的。

“喂，把企业开发部的部长给我叫过来。”老板 R 先生又吩咐道。

部长赶了过来。

“您有什么吩咐？”

“我想问你的是，有没有什么办法快速提高销售额？比方说，改变那些长期对牛奶不感兴趣的人，或者让一天只喝一瓶牛奶的人喝两瓶。不过对我们公司来说，与其费时费力改变人们的饮食习惯，还不如加紧拓展销路。有没有这样的妙计？”

部长压低嗓门说道：“您看这样如何？我们偷偷散布病原菌，让世界上的牛全死光。那样一来，我们公司的合成牛奶不就可以垄断市场了吗？”

“不行，太乱来了。那不但违反商业道德，而且如果阴谋败露，公司也会完蛋。我们要另找一个既不会惹麻烦，又能一下子清掉库存的好办法。”

面对老板的难题，部长想了一会儿之后，提出了一个方案。

“这样行不行？我们靠赠品扩大宣传。我想研发一种喝牛奶的机器猫。它比真猫更可爱，更亲近人，它还懂礼貌，是家庭中完美无缺的宠物。把这样的机器猫作为赠品送出去，它们不喝牛奶就不能动弹。”

“把那么贵的东西当赠品送出去，划不划算啊？”

“盈亏上没问题。请放心，我有把握。”

“若是那样，我相信你的才能，试试看吧！”R先生应允了。

喝牛奶的机器猫投入市场后立刻好评如潮。它比真猫可爱多了，没有家猫发情时的大叫，既不挠柱子，也不抓墙壁。它叫的声音很甜，捕鼠的本领也不亚于真猫。

和它一起玩耍的时候，人们几乎忘记它是一只机器猫。有了喝牛奶的机器猫，家庭也变得充满欢声笑语。另外，不知不觉中，人们形成了这样的观念：人工制品胜于自然产物。

牛奶的销售额直线上升，这是因为多了机器猫喝牛奶。老板R先生把企业开发部部长叫来，表扬了他。

“成绩显著！公司的利润也增加了。你详细说给我听听是怎么回事。”

“情况是这样的，喝牛奶的机器猫肚子里有一个机关，猫喝了奶之后一转动身子，肚里的牛奶就变成了奶酪。”

“这是什么奇怪的主意？”

“请听我解释。公司员工定期巡视，回收奶酪。这样，奶酪算是被免费生产出来的。所以，从最近一段时期开始，我们公司的奶酪生产成本几乎接近于零。”

老板连连赞叹。

“原来是这么回事。怪不得我公司的奶酪产量急剧增加，库存也充足起来。可是……”

“可是什么？”

“我的要求似乎有些过分，这回我想推销奶酪。请你想办法在短时间内打开销路。”

“我试试看……”

企业开发部的部长着手处理这个问题。他培育了大量聪明的老鼠，并把它们投放到大街上。该计划是在极为隐蔽的情况下实施的。

这些老鼠动作敏捷，特别爱吃奶酪。不管白天、黑夜，还是人们正在吃饭，眨眼工夫，奶酪就被老鼠抢夺一空。不管人们有没有放松警惕，都难逃它们的侵扰。奶酪的销量直线上升。

R 先生把部长叫来，对他的成绩大加赞赏。

“形势越来越好。看这个报表：奶酪销量猛增，而牛奶仍然畅销。”

“是这么回事，有些人家对于老鼠吃奶酪很发愁，想利用喝牛奶的赠品——机器猫来捉老鼠，所以纷纷订购了我公司的牛奶。猫鼠之间无论谁胜谁负，都是我们渔翁得利。”

“一直照这个样子发展就好了……”

“可这里面有一个问题。喝牛奶的猫数量增加了的话，老鼠就会减少，有朝一日，猫的数量会占绝对优势。到那时，就会出现奶酪库存积压的现象。”

“那可就麻烦了。”

R 先生愁眉苦脸，似乎很是不安。然而，企业开发部的部长发话了。

“没事的，您不必担心。我现在正在研发一种吃奶酪的机器鼠。您等着瞧吧，是个非常厉害的东西。”

很快，机器鼠也被开发出来了，批量生产后被悄悄分送到了各地。不用说，公司肯定是在真老鼠数量减少的地方优先投放。

机器鼠不像真老鼠那样令人讨厌。它们偷吃奶酪的数量不多不少。机器猫对它们的追捕也是适可而止。

就像美国动画片《猫和老鼠》那样，那场面怎么看都让人忍俊不禁。猫鼠之间的平衡恰如其分，两者构成了和谐共存的关系。它们本来也就是根据这样的构思研发出来的。

部长得意扬扬地向老板 R 先生汇报了相关细节。

“情况已经达到了最理想的状态。吃奶酪的机器鼠里有一种装置，它可以分解奶酪并还原成做合成牛奶的原料。回收机器猫肚子里奶酪的巡视员把做合成牛奶的原料一并收回。”

“干得漂亮！难怪合成牛奶的成本也大大降低了。你精明能干，怎样表扬都不为过。谢谢！”

“哪里哪里，您过奖了。那我们下一步干什么呢？请下命令！”企业开发部部长一脸自信地说道。

对此，R 先生说：“你好像暂时派不上用场了，我命令你停职歇一段时间。”

宿命

那颗星球上不知何时开始有了机器人。除机器人外，一无所有。估计是因为大气含有有毒成分，所以那颗星球上没有动植物，只有机器人可以活动，此外就是由岩石构成的一望无际的陆地和乌黑的海洋……

那些机器人挖掘矿石，冶炼加工，制造零件，再把它们组装成和它们自己一模一样的机器人，甚至连刻在身体表面的编号都完全相同。

无论是阴雨连绵的日子，还是寒冷的季节，抑或是日光直射的酷暑，机器人从不休息，一刻不停地干着上述那些活儿。因此，机器人的数目在不断增加。

有时候，机器人之间会闲聊。

"我们为什么会待在这样一个地方？"

"最初，第一台机器人在这片陆地上出现了。那个家伙像现在这样开始增加同伴的数量，于是有了我们。此外还发生了什么，就不得而知了。”

第一台机器人的出现是事实，并非神话。机器人的电子脑不但正确，而且不存在含糊不清或被美化的地方。

机器人每造出一个新同伴，就把全部记忆输入对方的脑中。因此，无论是谁都知道这件事。如此一来，最初那台机器人究竟是哪一台，这已不是一个问题了，因为大家的知识经验都一模一样。

然而，第一台机器人现身之前的记忆却荡然无存。从那个原点往前完全是一片空白。这颗星球的历史都是从那个原点开始的。

虽然可以推测第一台机器人有可能是从天而降的，但这并没有什么根据，不过是一种假设罢了。另外，机器人没有兴趣寻根问祖，它们在强烈欲望的驱使下，只热衷于增添伙伴。

可是，达到了一个数目后，机器人停止了制造伙伴。但它们并没有开始寻欢作乐，而是致力于打造宇宙飞船。

这是一项史无前例的艰苦工作。机器人挖掘地面，磨碎岩石，精炼矿物，然后制造新零件。为了获得进行星际旅行所必需的矿物能源，它们还挖掘了一个深不见底的矿井。

矿井的几处因塌方而损毁。机器人根本不把从周围渗出的污水当一回事。它们不眠不休，持续作业。

有时候会有狂风扫过，有时候会有雷击，还会发生强烈的地震。就算机器人挺身而出，誓死捍卫劳动成果也无济于事。宇宙飞船的建造工程几次被打回原点，重新再来。然而，工程却从未被放弃。

“为什么我们如此热衷这个项目呢？”

“是所谓的义务感或是使命感在鞭策着我们。它是一种控制不住的冲动。如果能造成宇宙飞船，乘上它去遨游星海的话，肯定会遇上某些好的事情。大家不觉得吗？”

“啊，可不是嘛。尽管说不出理由，但我们必须飞向宇宙。这也许就是所谓的宿命或者命运吧。”

没过多久，宇宙飞船造好了。每台机器人都坏了一半，几乎没有一台状态良好。

一台状态相对好些的机器人乘上宇宙飞船，在全体机器人的目送中出发了。宇宙飞船喷射着火焰，腾空而起，向着远方飞去。

到了没有重力的太空，那台机器人的大脑产生了变化，它萌生了一种新的想法。它毅然决然地指挥着飞船此后的行进路线。飞船根据命令，锁定了方向，朝着满天繁星中的一颗奔去。

载着机器人的宇宙飞船行进在无尽的虚空中，穿透死一般的寂静，朝着锁定的那颗星球前进。必须快一些。这股心中的力量不知从何而来，飞船的速度已经达到了极限。

太空旅行结束的一刻到了。飞船没有迟疑，转入着陆程序。可是，负责缓冲的装置却不听使唤。在没有减速的情况下，飞船猛烈地撞击大地，化为四散的碎片。

远处传来人们的阵阵欢呼声，越发清晰，其中的一个声音格外具有穿透力。那是一个手拿麦克风的男人的声音。

“诸位，终于有一台机器人回来啦！这场世纪博彩大赛即将产生结果！我们向每颗星球都发送了一台机器人，赌的是哪一台最早返回地球。我们焦急地等待了这么久，终于迎来了第一个返回者。现在工作人员正在就碎片展开调查。过不了多久，我们就会知道这台机器人的编号。假如您购买的彩票号码与这台机器人的编号一致，那您真是吉星高照，将获得一笔巨款……”

摔成碎片的机器人已无法用电子脑进行思考了。如果它的电子脑还能继续工作，听到了这一番话的话……

就算假设成立，机器人也不会有其他想法。因为一切最初就是这么设计好的。

不一样

一个女人来看神经科医生。她三十岁左右，虽然是个美女，但是面色阴晦，估计是内心深重的烦恼所致。当然，一个人若没什么烦心事，精神完全正常，肯定不会来这种地方。

医生接待了这个女人，用冷静的声音问道："您怎么啦？"

"这个嘛，嗯……"

女人欲言又止。这也没什么稀奇。她不是那类得意扬扬、夸夸其谈的病人。消除病人的紧张，让其畅所欲言是医生的本事。

"如果您不告诉我，诊断是无从下手的。请您放轻松。我从事情的起因开始问您，可以吧？您有不想说的地方也没有关系，因为我会一直等到您愿意说出口的时候。"

在医生的鼓励之下，女人终于开了口："不瞒您说，是为我老公的事……"

"您老公怎么啦？"

"我该从哪里说起呢？这是几年前的事了。有一天，我老公外出后就再也没有回来。那之后，我们失去了一切联系……”

“啊？原来是失踪了。不过，如果是这样的话，上我这儿来可找错门了。你应该去找负责这类事情的警察谈一谈。”

医生始终用一种冷静的语调说话，而女人却恰恰相反，她好像强压着激动的情绪，说道：“我当然找过警察！警察和我老公所在公司的同事们帮我出了不少力。然而，那也只是白忙一场，什么收获也没有。”

“会不会是在什么地方发生了事故？或是自杀了……”医生依然用不冷不热的语气说道。

女人垂下眼睛回答道：“嗯……”

“刚才您说您爱人音信全无，生死不明，因此您的心情还没有调整过来，导致您情郁于中，精神失常，是这样吧？”

女人一副不知所措的样子，略微笑了笑。

“不是的。您说的是事情刚开始时的情形。另外，我是一个容易死心的人。我想明白了，既然这件事调查了也搞不清楚，愁这愁那也无济于事啊。”

“的确如此。很抱歉打断您一下，请问那之后您过着什么样的生活呢……”

“生活倒是不愁。老公有些遗产。我和男友一起吃喝玩乐，心情相当不错！”

“如果是那样的话，您根本不必来找我这个神经科医生啊。”医生反驳道。

丈夫失踪了，妻子不但没有特别悲伤，反而吃喝玩乐，逍遥度日。医生不知道她为什么要到这儿来，所以自然想驳斥她。

在那之前也许还有其他隐情。不过，因为遭人反驳而打开话匣子的人也很多。或许是这种谈话技巧奏效了，女人接着说了下去。

“可是，我一味吃喝玩乐，钱不够用了。我打算领取老公的人身保险。据说，像我家这种情况，钱不能很快拿到手，非得过了一定的期限才领得出来。不过规定的期限很快就要到了，于是我去保险公司进行了交涉。”

“原来如此。我同意您的做法，因为领取保险金是正当权益。那么后来呢？”

“我把情况一说，保险公司的人对我深表同情。他们表示，公司把顾客的幸福作为第一目标。保单上的截止日期一到，被保险人还是处于失踪状态的话，马上支付保险金。”

“理所当然，必须那样处理……”

医生附和了一下，等着女人继续说下去。可是，等来等去，女人就是不说话，并且面色苍白。

医生鼓励道：“那之后发生什么了？”

“真是令人难以启齿……”

“请告诉我吧。”

女人好几次欲言又止，最后，她努力地开了口。

“来了。”

“您是说保险金吗？”

“不是，是我老公回来了……”女人的话停了下来。

医生好像一时也不知该说什么才好，最后他说道：“那太好了。”

除此之外，好像没有更恰当的话。

“好倒是好，不过……”

站在她的立场来看，此时心绪肯定很复杂。一别经年，眼看一切就要告一段落了，老公却回来了。这当中肯定发生了不是三言两语就能说完的事情。

医生换了个话题。

“他是怎么失踪的？您有没有问您老公？”

“问了，他东拉西扯，答得含糊不清，好像是得了一种记忆丧失的毛病……”

“原来如此。您说的那种症状确实偶尔会发生。失踪期间，他大概是在某个地方变成了另一个人过日子吧！”

“这种情况虽然有可能发生，可我就是难以相信啊……”

女人的苦恼好像就在这一点上。

医生以此为中心问道：“您一点儿也不清楚这段时间他在什么地方过着什么样的生活。您是担心这里面有令人恐惧的经历吧？”

“嗯，这种担心固然是有，不过和您说的还是不一样。”

“怎么个不一样呢？您老公恢复了从前的生活吧？”

“是的。他找了新单位，每天早出晚归，老老实实地上下班。但还是不一样。”

女人把“不一样”重复了好几遍。

医生问道：“怎么不一样了呢？请把这一部分说清楚。”

“他和我以前的老公不一样。也就是说，回来的不是我的老公。”

女人一口气说完，面色更加苍白，身体也在颤抖。

“怎么可能……”

“不，我说的是真的！我很确定！”

“您是说回来的是另一个人，对吧？凭什么一口咬定呢？”

“这我说不清楚。他的体貌特征的的确确和我的老公一模一样。可是，那个人绝对不是我的老公！”

“这可难办了。恐怕是您的心理作用吧。您一直等不回老公，于是心如死灰。现在他却回来了。你们虽然不能马上就恢复到以前的状态，但只要双方共同努力，很快就会好起来的。”

“嗯，我一开始也努力那样做。可是不行啊！我怎么也做不到跟他重修旧好。我越努力就越觉得那个人不是我老公！”

女人固执己见。她想得到医生的理解，所以把刚刚那段话重复了好几遍。

医生说道：“不好意思，我想会不会是我下面说的原因？您已经习惯了一个人过日子，每天逍遥自在，快快乐乐。顺利的话，还能领到很多保险金，这样的好日子会一直持续下去。可是您的老公一回来，这美梦就成了泡影。您的内心深处怀有不满，所以就想不认自己的老公了吧？”

“不是的。没那回事。那个人绝对不是我老公！他们不一样！”

女人并不觉得自己是妄想症患者。她死活也不改口，一口咬定老公变成了另外一个人。

医生还是用冷静的语调说道：“您虽然好像很有把握，但理由是什么？我说话也许冒昧，其实是您杀死了您老公，然后在社会上散布谣言，说他失踪了，不是这样吗？”

面对这番不客气的话，女人双眼圆睁，一边摆手一边答道：“岂有此理！之前警察也这样怀疑过。一旦牵扯到巨额保险金，首先被怀疑的对象是受益人。为了寻尸，我家从地板到院子，被人掘地三尺。但我没干那种可怕的事。我可没本事骗过警察的专家，进行完美犯罪。”

“那您为什么会认为他是别人呢？”

“因为只能这么认为！”

争论又回到了出发点。医生把话题拉回到最初。

“这可麻烦了，您上我这儿来到底是为了什么？既不是因为您和老公在精神上产生了隔阂，您觉得老公是别人也不是出于妄想症。那么，您到底有何诉求？”

“我来不是想请您对我本人进行诊断，而是想拜托您查明那个人的真实身份！这是我来这儿的目的。”

“原来如此，是这样啊。我明白了。那就请您回去把您的老公，不，把像您老公的那个人骗过来吧。我帮您检查一下。”

“拜托您了。”

女人感谢了几句，回去了。

第二天，那个“问题男人”来了。医生娴熟地对他做了检查，然后马上说道：“哈哈，原来你是台智能机器人。按死去的那个男人的模样，做得惟妙惟肖……”

“为什么……”

“这点小伎俩，一看就知道，骗不过我的眼睛。保险金额太大，保险公司想赖账，于是根据照片和记录，造了这台机器人。

投保时需要进行身体检查，所以资料齐全，制作起来很容易。派他去顶替死者，从而达到目的……”

“既然被识破，那我就不能放过你了。这个秘密要是泄露出去会出大乱子的。对不起了……”

男人站起身，要朝医生扑过去。

但医生不慌不忙，仍以冷静的语调说道：“别忙活了，没意义。这里的医生因为知道了真相，已经被杀了。我是他的继任者，被保险公司造出来之后就被派了过来。和你一样，我也是一台智能机器人……”

会客厅

R先生抽出一点空闲时间，来到F博士家，他按响了玄关的门铃。R先生借给了F博士一大笔钱。还钱的日期早就过了，可总不见F博士还钱。

于是R先生委托朋友前去讨要。可是，他们没有一个不空手而归。事情没有一点进展。R先生忍无可忍，于是亲自登门拜访。

今天非搞明白不可。话虽这么说，这件事情的确非常蹊跷。F博士是一位严肃认真的学者，不是那种随随便便的人。对上门要债的人，他应该没有用花言巧语来搪塞的才能。

尽管如此，大家都空手而归。F博士到底把钱用到哪儿去了呢？难以想象他会把钱花在赌博或是喝酒上。如此想来，R先生愈发感到好奇。

R先生刚按下玄关的门铃，门边的喇叭里就传出了声音。

“欢迎光临，请问您是哪一位？”

“我是来找F博士的。我叫……”R先生报出了自己的姓名。

喇叭里回答道：“非常欢迎您！F博士碰巧不在家，他要不了多久就会回来的。”

“要不我就在里面等他吧。”

此时要是退却的话，特意来这么一趟就没意义了。

喇叭里应声说道：“请，请进！进了玄关，请在右侧的会客厅里休息一下。”

只听见“咔嚓”一声，锁自动开启，门开了。

就像喇叭里的声音说的那样，R先生进屋后的右侧有一间会客厅，虽不是很宽敞，但有桌子，还有看上去软绵绵的椅子。R先生刚往椅子上一坐，不知从哪儿又有声音传来。喇叭估计被安装在墙壁的里面。

“闻闻花香怎么样？”

“啊……”

“我们有玫瑰、百合、薰衣草、铃兰。您喜欢闻哪一种？”

“那就玫瑰吧。”

话音刚落，空气中就飘满了玫瑰花的香味。接下来，那个声音又说话了。

“在等待的这段时间里，您想喝点什么？有咖啡，有酒，请说一下您想喝的饮品。”

“那就喝白葡萄酒吧。”

话音刚落，白葡萄酒就出现在他眼前。

R先生一边喝酒一边自言自语道：“哎呀，真是方便啊。这些大概都是博士的发明吧。可他为什么要研究这些东西呢？”

R 先生虽搞不清这其中的缘由，但他并不觉得讨厌。没过多久，那个声音又跟他搭起话来。

“您大概闷得慌吧，那就让我来陪您说说话吧。我来给您说几个小笑话。一位精神病医生那儿来了一位患者，病人认为自己是一条鱼……”

这样的小笑话说了五个。R 先生对这些笑话的不同反应，被他身下那把椅子里面的一个装置摸得一清二楚。结果表明：R 先生是一个贪恋女色的人。

根据这一点，那个声音又说话了：

“因为博士还没回来，这间屋子里有看电影的设备，想请您边看电影边等待，肯定会让您感到满意的。请吧……”

房间暗了下来，墙壁上出现了一块屏幕。电影画面被投射在上面，都是一些表现男女恋情的特写镜头。

伴随着音乐，画面持续播放。在此期间，椅子内部的装置开始测定 R 先生钟爱的类型。他到底喜欢哪一类型的女性？是喜欢活泼的，还是喜欢安静的？

还有，他喜欢什么样的音乐？不仅这些，它还对 R 先生喜欢什么样的色彩，哪种程度的温度和湿度让他的心情最为放松，等等，一一做了调查。

装置根据数据做出的判断，很快就可以满足个人喜好。调查结果显示，R 先生喜欢长着圆脸，微胖而且活泼的女性。于是，画面在不知不觉中做了调整，同一类型的女性出现得越来越多，连衣服的颜色都符合他的口味。

R 先生不仅看得入迷，播放的音乐也让他感到称心如意。飘来的香味沁人心脾，室温不冷不热，体感极为舒适。

玻璃杯中的美酒一旦喝完，转眼间就会出现一杯新的。电影中的美女跳着舞，朝他抛着媚眼。

R 先生的心情很愉悦，这个情况都被椅子内部的装置捕捉到了。在他达到最佳状态的那一刻，电影停了下来。房间里并没有一下子明亮起来，而是仍然保持着昏暗的色调。R 先生正沉迷于幻境，这时喇叭里传来一个声音。这一次，是一个女人的声音。

“您应该很喜欢吧？”

“啊，非常快活。”

“那就让我再稍微陪您说说话吧。”

“嗯……”

在昏暗的会客厅里，只有女人的柔声软语在继续着。不用说，那是一种让 R 先生神魂颠倒、如痴如醉的声音。

“您喜欢诗吗？让我来给您读几首吧。”

这一次似乎是要营造出高雅脱俗的氛围。原本热血澎湃的 R 先生又心平气和起来，就像被水平高超的园艺师整治之后，凋敝残破的庭院变得生机盎然，风光无限。

相谈甚欢之际，R 先生产生了一种被提醒的感觉，不，可以说这种感觉本身就是一种提醒。响应来自椅子内部的信号，外部环境全都发生了变化，变化的过程流畅自然。

很快室内明亮了起来。

R 先生像是从梦中醒来似的，他看了一眼手表，用吃惊的声音自言自语道：“哇，这么晚了啊！时间全被消磨完了，我不得不回去了……”

他的脸上现出无精打采的神情，赶紧回去了。

不久，F 博士回到了自己家里。

“我外出期间有谁来过啊……”

说完，F 博士检查了装置里的记录信息。今天，虽然他的确是因事外出，但有时候，当遇到上门要债的人时，他会把应对客人的一番言辞预录在装置里，自己躲起来。

通过记录的信息，F 博士知道 R 先生来过了。

F 博士一边点头一边说道：“还好他就这么回去了。这套设备的效果非常显著，虽然研发资金是向他借的。这种击退讨债人的神器，在我之前大概还没有谁发明过吧。假如把专利权卖出去的话，虽然可以赚个盆满钵满，但要被社会上的人用于非法目的可就麻烦了。真不好意思，只能先这样用一下，让 R 先生再忍耐些日子了。”

因人制宜

被送去机器人中心做调整的机器人回来了。

它走进玄关，低头对主人 N 先生汇报："我回来了。请看，这是一份做过调整的证书。"

"好的。今后你还得像以前一样给我干活啊。"

N 先生三个月前购买了这台机器人。说明书上有给买家的特别提醒：售出三个月后，请把商品寄回机器人中心做调整。N 先生按说明书的要求办了。

不过，他不知道为什么机器人需要做调整，也找不出拒绝的理由。也许是因为机器人构造精巧，做些调整会更好一些吧。总之，送回来的时候，机器人的某处一定会变得更完善。

N 先生立刻对机器人发出命令。

"喂，给我倒红茶，顺便再给我做一个布丁。不知怎么的，我想吃点甜食。"

"这个嘛……"机器人答道。

这是一个不太清晰的声音。而且，机器人也没有想干活的意思。

于是，N 先生又说了一遍："喂，怎么回事啊！我不是叫你去准备红茶和布丁吗？"

"这个嘛……"机器人还是没动。

这是怎么回事？在这之前，N 先生发出命令之后，机器人马上会行动起来，而且是麻利地处理好工作。

经过他们所谓的什么调整，机器人变得怪里怪气的。是不是机器人在调整后暂时会有反应迟钝的现象？

思来想去之后，N 先生又试着说了一遍："喂，给我准备红茶和布丁去。"

"好的。我知道了。"这一次，机器人做出了明确的回应。它快速而准确地准备好主人吩咐的东西并端了过来，和调整之前的表现一模一样。

N 先生松了一口气。机器人似乎不是在罢工。于是，他一边吃着布丁，一边发出其他命令。

"很久没有画画了，我要画画。给我备好相关的东西：画布、颜料，还有笔。"

"这个嘛……"机器人又像刚才那样不动。

N 先生原以为机器人恢复了正常，高兴了还没有多久，什么地方仍然有问题。

他又把任务重新交代了一遍，机器人没有任何动静。N 先生沮丧起来，连画画的心情都没有了。

他突然想干脆一脚将它踹飞，看看会怎样，但又很快打消了这个念头。首先还是要查明造成这个奇怪现象的原因。如若不然，照这样下去，机器人就很难使用。这算什么调整啊？

对机器人发牢骚也无济于事，于是N先生给机器人中心打了个电话。

“喂喂，我是……”N先生说出了自己的姓名和机器人编号。电话被转到负责这件事的业务员那里。

“您有什么问题？”

听他这么一说，N先生大声嚷叫起来。

“真是岂有此理！我家机器人经你们调整之后，工作时反应迟钝得要命。照这样下去，它会变成一个神志不清的废物。你们是不是什么地方搞错了？希望你们能再给我好好修理一次。”

电话另一头传来了微弱的声音。负责这件事的业务员也许正在记录或确认N先生机器人的一些信息，不久之后有了回话。

“明白，就按您说的办。我核对过作业卡，机器人是按正确步骤调整的，不会有错。本中心提供的证书是真实可信的。”

“它哪里正常呀！非要三番五次对它发出命令，否则它就拒不执行。”

“那就对了。请您想一想，这之前您都是怎么使用的。”

“你这话的意思是？”

挨了批评之后，N先生细想了一遍之前自己是如何使用机器人的。他首先让机器人改变室内的陈设。他让它搬桌子，搬椅子，搬钢琴。一会儿往某一个地方搬，一会儿觉得不好又挪到另一个地方，没完没了地折腾它。

他让机器人重新贴墙纸。只要有更花哨的墙纸，他就会让它换上。

当时，他还让机器人进行庭院的修剪工作，他一边想象着玫瑰花开满院落的样子，一边指派机器人栽植幼苗。

可是大约一周之后，他又改变了主意。他让机器人拔掉玫瑰幼苗，然后挖了一口池塘，还让机器人为池塘安装喷水设施，让金鱼游泳。总之，就是怎么折腾怎么来。

N 先生在电话里对负责人说："经您这么一说，在使用方式上，我多少有点随心所欲。"

"问题就出在这儿。机器人的体内配有一种记录装置，会记录下您否定它工作成果的次数。"

"啊，会这样啊。"

"本中心经调查之后发现，您这样命令的次数非常多。请让我说得再直白一些，您做事属于任性冲动型，而且情绪多变。您的使用方法不太经济。因此，为了适应您的性格，我们对机器人做了调整。"

"我发出命令机器人也不动是这个原因啊。"

"就是那样。我们把机器人设置为：一次命令之后不执行，第三次命令之后才会开始执行。之所以要等到第三次，是因为到那时您的想法已经成熟了，是考虑再三后的决定，这时下达的一定是想让机器人执行的命令。经过这样的调整，那些可做可不做的，或是在您发出命令之后很快又取消的工作就大幅减少了，不是吗？"

"所以必须下三次命令吗？"

"是的。这样就避免了因一时冲动而发号施令，导致意想不到的后果发生。”

负责人的解释特别有道理，然而N先生还是非常不满，他略加思考之后说道：

“原来如此，我知道是怎么回事了。也许还是你们的处理方式比较好。不过，这毕竟不是很方便。另外，在碰到紧急或意外情况时，如果非得等到第三次命令才开始行动，那这样的机器人是非常靠不住的。它岂不成了一个废物？”

“如果您还想使用以前那种即刻行动的机器人，也是有办法的。”

“请一定告诉我呀。”

“那您去人类调整中心过上一段日子，把您调整成一个做事不再轻率，而是深思熟虑的人。您带上医院开的证明到我们这儿来，您的愿望很快就能实现……”

价值检测仪

老博士管理一家小型研究所，临终前，他把助手N先生叫过来说道："多年以来，我经过反复研究，终于研制出了一种装置。你虽称不上是一名优秀的助手，但你对微薄的薪水没有什么怨言，对我帮助也很多，我非常感激。所以我把这个装置送给你作为纪念。"

赠品的显示端如同一块小怀表，外连一根导线，导线末端连着一个听诊器一样的东西。

N先生问道："这是什么？"

"这是一台万能价值检测仪。把细长的这一端贴在你想检验的东西上，刻度表盘上的指针就会摆动。指针向右偏的话，就表示物品有价值；向左偏的话，就表示物品没价值。它虽然有这样的功能，但……"

话还没说完，老博士就咽气了。

就这样，这台万能价值检测仪就成了N先生的私人物品。

一开始，他还茫然不知怎么使用，后来他慢慢掌握了检测仪的使用窍门。

用习惯了之后，N先生再次对仪器的功能之妙感叹不已。不管是什么样的东西，这台检测仪都能瞬间正确检测出它的价值。

N先生先开了家类似杂货店的小店，随着时间的推移，顾客越来越多。这也是理所当然的，因为从没有进货上的失误。只要使用那台万能价值检测仪，就不会买到伪劣产品。不知内情的批发商们打心底里感到惊讶：N先生真是火眼金睛，对商品太了解了！

指针向右偏的时候，他根据右偏的程度砍价，所以不存在高价购入的情况。N先生的店里全是优质商品，所以也没发生客人在购物之后投诉的情况。小店的信誉度越来越高。

“一切顺风顺水，像玩一样把钱就赚了。好，我要扩张店面！”

N先生扩大经营规模，开了一家超市。超市的经营也非常顺利。那台万能价值检测仪不仅能检验出商品质量的好坏，对人也起作用。也就是说，员工有没有价值，检测仪能很好地判定。

录用员工的时候，把仪器的检测端贴在应聘者身上。如果指针向左偏，就算那个人看上去再怎么老实也不录用。反过来，如果指针向右偏，就会高薪聘请。这样企业就能做到群贤毕至、精英荟萃，也杜绝了盗用公款等违法乱纪的现象。另外，N先生还暗中根据仪器指针的偏向来决定升迁与奖金，因此也消除了员工感到不公而产生的不满情绪。

超市在不断盈利。N 先生又介入美术品交易这个行当。做美术品交易需要良好的鉴别力。这时，N 先生又动用起手中的神器来。这样他就不担心被骗而购入假冒的美术品。于是，他在顾客中的信誉度越来越高。

N 先生又开了家房地产交易公司。他把检测仪放在地面上，只用看指针偏转的程度就知道未来的涨跌。卖房子时，对买家进行检测，就不会有购房款收不上来的情况发生。

毋庸赘言，在通向成功的道路上，N 先生阔步前进，一路畅通。

与此同时，N 先生也结了婚。不用多说，通过万能价值检测仪，他成功地找到了既善良又贤淑的女子为妻。

在这之前，N 先生虽然用万能价值检测仪检查过各种各样的东西，但是有一样他还没有检查过，那就是他本人。他担心检查结果会让他害怕。这件事 N 先生一直记挂在心。如今，作为一位成功者，N 先生还是有些惴惴不安。

一天夜里，N 先生终于下定决心，把仪器的检测端放到了自己身上。他提心吊胆地朝手中的刻度表盘瞟了一眼。指针向右侧大幅度偏转。他舒了一口气，并发出喜悦的呼喊。

“万岁！我果然是一位大人物！”

听到这个声音，N 先生的妻子赶来了。

“你在大喊大叫什么呢？好像跟那个奇怪的仪器有关，对吧？我早就觉得它很不可思议，那玩意儿究竟是啥东西啊？”

“我很清楚，你是一个信得过的人，所以我打算把秘密告诉你。这个东西叫价值检测仪。把检测端贴在你想检测的东西上，

只需看显示端的指针的摆动就可以了……”

“真是个神奇的东西，也让我来摆弄摆弄吧。”

妻子拿来检测仪后，试着把检测端放在附近的东西上。指针全都向右侧偏转。这意味着周围的陈设物品都很高档。妻子半开玩笑地把检测端放在丈夫的身上看是什么结果。指针朝左侧大幅偏转。

“哎呀，老公！这是怎么回事？”

如果N先生把仪器的显示端握在手里进行检测的话，结果的的确确显示他是一个很有价值的人；显示端一旦离手，他只不过是一介凡夫罢了。

无线增味机

N先生安静地睡在床上。他正在做梦—— 一个遨游太空的梦。他梦见自己在陌生的行星上着陆，在经历了重重冒险之后，他与当地的居民成了好朋友。

居民设宴款待，他吃完之后……

这时，枕边的闹钟开始播放录音，呼唤N先生："到起床的时间了，请起来吧……"

N先生醒了过来。他一边打着大哈欠，一边伸手拿起闹钟旁边的水壶，把水倒进玻璃杯里之后喝了下去。这是N先生很早以前就养成的习惯。

口中的水清凉爽口，混合着果汁、薄荷和香料的味道。N先生残留的睡意很快就消失了。

N先生又往玻璃杯里倒了一杯水，然后喝到嘴里。一股咖啡的浓香在口中慢慢弥散开来。

水壶里的水其实不过是普通的水，但是味道却可以不停变化。如果古时候的人亲眼见到这一幕，一定会大吃一惊，以为是魔法。然而，这可不是魔法，而是一项科技成果。现在，这项成果已经完全普及了。无论是谁，都对这种生活方式习以为常，这可谓是一个享尽口腹之欲的时代。

这多亏了一个微型装置。它的体积非常小，被放在嘴里的一颗牙齿里，从外面根本看不出来。它能接收电台发来的电波信号。

接收电波、发出声音来愉悦听觉的装置被称为收音机，再现影像、愉悦视觉的装置被称为电视机，而本装置——无线增味机，则是通过再现食物或饮料的味道，让人的嘴巴得到享受。

该装置通过发出微妙振动和电波信号对口腔神经形成刺激，带来各种味道。即便是没有味道的白开水，在接收到果汁信号时饮用的话，白开水就会产生果汁的香味。如果接收到咖啡信号，白开水就能变出咖啡的味道来。

N先生开始吃早餐。即使生活在无线增味机时代也必须吃饭，因为人体必须补充营养。

他拿了一片面包，放进嘴巴里。虽然这个食物看上去是茶色面包，但它的实际成分却和面包不一样。人体所必需的热量和营养全都包含其中。虽然它本身接近于无味，但这没什么关系。食物的味道可通过增味机得到补充。

N先生让塞了面包的嘴巴上下动起来。这时，电台发送的刚好是鸡蛋料理的信号，于是他就着这个味道吃起面包来。中途切换成了苹果的信号，于是面包的味道因此也发生了改变。N先生就这样吃完了早餐。

但是，电波增味信号并没有停止。N先生一边换上去上班的衣服，一边把口香糖放进嘴里。口香糖当然也是没有味道的。但是，这样最好，而且还只能这样。

无线增味机到了发射水果信号的时间。电台一个接一个地发射世界上各种水果的电波信号。没味道的口香糖就有了菠萝味、草莓味、葡萄味、甜瓜味。

N先生走出家门，乘上高速单轨电车，朝上班地点飞驰而去。在舒适的车厢里，有看报的，有用耳机听音乐的，也有既看报又听音乐的。这些方面和过去没什么两样，但是现在乘客们增添了品尝味道这项活动。

冰激凌的味道在嘴里扩散着，随后变成了花生的味道。花生味才刚刚消失，又变成了奶油馅点心的味道……

为这些味道排序是电台的工作。它既不能出现出人意料的味道，也不能把类似的味道排在一起。一开始，味道的安排颠三倒四、毫无章法，后来经过味觉心理学家反复研究，现在电波信号的编排既合理又自然，让每一个人都获得了满足。

无线增味机的投入使用，刚好满足了人们的口腹之欲。享受美味是人与生俱来的本能。不过对于味道这个东西，人们的感受力是有限的。也就是说，如果人吃撑了，就会吃啥都不香。在这一点上，它与能让人沉迷的音乐、电视和游戏是不一样的。因此，美味的享受只限于一定范围之内。

为了突破这一限制，人们通过研究，终于发明了无线增味机。它不仅让人可以毫无限制地享受各种美妙味道带来的快乐，还取得了很多令人满意的成果。

首先，有了无线增味机，人们避免了因暴饮暴食对消化器官的损害。既不会让人过胖，也不会让人被刺激性食物损伤身体。茶色面包既营养均衡又干净卫生，不用担心中毒或染上传染病。

其次，有了无线增味机，人们不再需要厨房，只需少量餐具就能解决饮食问题。节约下来的大量空间和时间可用在干别的事情上。为蛀牙而烦恼的人也减少了。另外，随着味道信号持续发射，此前产生的味道立刻消失，不留痕迹，眨眼工夫人们就能品尝下一种味道。

电波增味信号的发射会持续一整天，人在睡觉时，它也不间断，所以，连梦都变得有滋有味。当然，那都是虚幻的味道，不过并不因为它是虚幻的就不好。恰恰相反，正因为是幻觉，人们才可以无止境地品尝。要是借助食物品尝那些美妙味道的话，估计要不了一小时，人们就无福消受了。

N先生到了单位，然后着手工作。他一边使用电脑一边做着笔记，思考一番，再重复一边用电脑一边做记录的动作……

在这期间，无线增味机一直处于工作状态。上班时，如果把收音机或电视机放在身边，会分散眼睛和耳朵的注意力，造成失误或发生事故。但是，如果只是品尝味道的话，就不会有这份担心。

西式饼干的味道正满口香呢，接着变成了日式仙贝的风味。刚刚还是中式肉汤的味道，然后又变成了香蕉的味道……

也有能真正品尝到这些味道的餐馆。当顾客走进这种餐馆时，电台发送的增味信号就被切断，顾客就可以品尝到实物的味道。人们偶尔也会去这样的餐馆。无线增味机带来某种口味，而具有这种口味的食物到底长什么样子呢？满足人们这份好奇心的地方是有存在的必要的。

可是，在这样的饭馆里，很多人并不觉得特别开心。有两点原因：餐馆的食物太硬了，虽说有嚼劲，但吃下去后胃不舒服。人们已经习惯了被信号发射过来的纯粹的味道与无味口香糖相结合的味觉体验。

N先生继续工作。他的嘴里是炸薯片的味道。接着，满嘴红豆汤的香甜消失了，取而代之的是日本茶的味道……

这时，意外突然发生了。他嘴里什么味道也没有了。他停下手头的工作，站起身来。无线增味机好像出故障了，必须去抢修室找人修理一下。

N先生环顾四周，其他人也都一副不可思议的样子嘟囔着。不知是谁打开了收音机，收音机里正播着一条临时新闻。

“……由于发生事故，无线增味机的信号中断了。目前正在抢修，估计信号很快会重新发射……”

原因搞清楚了，但这样的事情还是第一次碰到。人们叽叽喳喳，嘈杂声响成一片。嘴里出现的异常变化，让谁都措手不及。

N先生的嘴巴和其他人的没什么不一样，它们成了无聊、虚无的空洞。这好比被电灯和霓虹灯映照的大街小巷，一旦停电，顿时就一团漆黑了。

有的人吐出无味的口香糖残渣，又往嘴里塞了一片新的。有人试着啃茶色面包，但这些努力都没有带来任何味道。

嘴里平淡无味带来的空虚感更加严重了。这种感觉有如登临一颗毫无生机的行星的表面，又如独自一人漂流在北海的孤岛上，难以忍受的孤独感愈发强烈。它还像与父母失散的幼儿在哀号，想要做些什么的冲动在内心膨胀起来。

惶急之下，有人夺门而出。受其影响，尾随者接连不断。人们想起了还有餐馆的存在，他们要奔到那里去。N先生也加入了其中。

街角的餐馆里一片骚乱。由于平时没有这么多人前来就餐，餐馆无法容纳大批食客。可是，以餐馆为目标，从大楼里涌出的人流蜂拥而来。

人人焦躁不安，混乱的场面愈发不可收拾。悲恸的哀鸣声响了起来，夹杂其间的是大呼小叫声、玻璃的破碎声……

但是，和刚发生异常的时候一样，这场大骚乱突然结束了。增味信号又开始发射。现在，人们满口都是奶油苏打水的味道，接着是西红柿的味道。不久之后，口腔里又涌出牛肉的美味，人们知道快到午餐时间了。于是，大家朝各自的方向散去。

第一部第一科长

N 先生想创业。他制订了计划，和朋友商议这件事。朋友告诉他：这个主意不错，但实际操作起来必须有市场监督机关的许可证才行。

原来还有这些手续要办！N 先生写了份申请书，去了市场监督机关。该机构位于市中心的一幢高楼里。

他一边抬头看大楼，一边自言自语道："多么巍峨的大厦啊！平时我跟市场监督机关没缘分，所以没有注意，原来这幢大楼就是机关所在地。它负责工商行政管理方面的工作，气派的办公楼是必不可少的……"

但 N 先生不是为感叹一番而来的。于是，他走进大楼，在前台接待处说道："我是来办这份申请的，该上哪儿啊？"

前台小姐看了申请书，把它放到复印机上，复印好之后在原件上盖了章，一边递给 N 先生，一边微笑着说："在这里办手续有经办程序，请先去第一部第一科那里。"

“好的……”N先生按指示找到了那间办公室，然后走了进去。

负责人一边瞟着申请书，一边敲打着桌上一台小型设备的按钮。“咔嗒咔嗒”一通响之后又“嘎锵”了一声。负责人看了看设备上的数字，在申请书上盖了章，然后还给N先生，说：“请您去第二部第三十五科。”

“好的……”N先生乘上电梯，穿过走廊，看了看墙上的指示牌，找到了牌上指示的办公室。

虽然那间办公室很宽敞，但负责人只在墙角的桌边办公。看了申请书之后，他问N先生：“您会点什么藏而不露的本事吗？请在这儿表演一下。”

“啊？可以是可以，但是，为什么……”

“这只是用来考查申请人的个性罢了，没有规定说一定要非常拿手。其实，藏而不露的本事在深层心理学方面，在了解一个人的社会阅历方面，在把握理念与行动的动态平衡方面都可以……”

“尽管我不太理解您说的这些，但我明白了，给您表演一下就可以了吧？”

N先生边唱边跳，偌大的办公室都不够他来回折腾。

负责人鼓起掌来，然后在桌上的那台小型设备上敲敲打打，并告诉他说：“您辛苦了。接下来，请去第三部的第十三科吧。”

第十三科的科长接待了N先生，说道：“请在此等候。”

N先生坐在科长安排的椅子上。十三科的业务好像并不繁忙，却让他等了很久。

正当他等得疲倦与心烦的时候，科长终于喊了他。

“让您久等了。因为在我们这里办事有种种规章制度……好啦，这次请去第五部的第二十六科吧。”

“好！不过，你们是在审理我的申请吧？”

“没事的。您放心就好。”

“是吗……”

N先生继续在大楼里东奔西跑。各科室的办事员都只是在桌上的小型设备上捣鼓几下，“咔嗒咔嗒”一通响之后“嘎锵”一声，然后在申请书上盖章，并告诉他去下一个科室。

可是，申请手续不知道要到什么时候才能办完。就算他问也问不清楚。

不久，在去的第十几个科室里，他被告知说：“好的，请去第一部第一科吧。”

“好的！谢谢。”N先生舒了一口气。这该是最后一道手续了吧，因为这是他去的第一个科室。

可是，到那儿之后，第一部第一科的科长却说：“辛苦您了。请您去第六部的第一科跑一趟吧。”

“什么？这是怎么回事啊？我以为到这儿就结束了。为什么要我回到你这儿来？为什么又要去别的科室……”

“这是制度。因为这是必需的经办手续，请您遵守。”

听完这话，N先生有点儿生气了。

“不管是什么制度，也不该专门返回到这里来盖章啊！这样就像是返回原点，像孩子们玩的双六游戏[1]。一切都像双六游戏。一进办公室，不是让我表演一段拿手好戏，就是让我休息一会儿……”

于是，第一部第一科的科长说道：

“您好像已经发觉了。其实，情况正是您说的那样。桌上那个‘咔嗒咔嗒’一通响之后‘嘎锵’一声的小型设备，扮演的就是骰子的角色。接下来该去哪个科室，全听它安排。”

听到这儿，N先生有些吃惊。

“这么说，在你们这里，我被当成游戏中的一粒棋子了？这又是为何？”

“根据您申请书的复印件，电脑眨眼工夫就可以对您的申请进行审批，只是那样做显得草率。如果费一番周折才能得到批准，您对事业将会格外投入吧！如果许可证唾手可得，人们就会很不在乎它。因此，办理这个手续才有这般折腾……”

“啊……”

“您知道吗？桌上的设备绝对公平。它不会耍花招骗人。所以呢，不管是上面对我们施压也好，还是下面对我们贿赂也好，统统不起作用。这里没有暗箱操作，没有贪污受贿，没有私人情面，没有不正之风。请相信它吧。”

N先生点点头答道：“啊，原来是这么回事，真有意思。那

---

1 日本的一种室内游戏，掷骰子决定点数，接着走格子进行游戏，类似下棋。

我可要加油啦。不管花多少天时间，我一定会光明正大地走到终点。好的，请按下桌上那个装置的按钮吧，走完全部流程要去的科室要是能一次性显示出来就好了……”

远距离通勤时代

清晨五点钟，N 先生还在床上呼呼大睡。外面天还没有亮，夜空中还有星星。黑暗中，床发出轻微的“波——波——”声。

睡在一旁的夫人听到这个声音，用困倦的声音说道：“老公，走好啊。”

夫人睡意正浓，很快又回到梦中去了。

N 先生用类似说梦话的声音应答道：“啊，我出门了。”

多数家庭夫妻之间都是默不作声，不会像这样特意打招呼。可这一对却相敬如宾，所以才像这样用语言温暖着对方。

不一会儿，在与时钟联动的齿轮装置的作用下，N 先生的床发生了倾斜。他顺势一滚，掉进了床边细长的箱子里。

不过不用担心，箱子里有柔软的弹簧垫，所以不但摔不疼，还能继续睡觉呢。箱盖自动关上了。这口细长的箱子被人戏称为“棺材”，它的确就像一口棺材。

虽然箱子被冠上一个不吉利的诨名而且流行开来，但这个名字与殓尸的含义完全相反，再也找不到这么方便的东西了。

这个细长的箱子下面装有车轮。它可以自动从家里出发，一直运行到公交车候车亭那里。很快，驶来的公交车会把等候在候车亭的几个箱子轻轻地堆放到车上去。如果箱子被粗暴处置的话，睡在里面的人就会醒来。

公交车一直行驶到车站。然后，驶来的列车会安安静静地把睡人的箱子运走。列车一刻不停地朝着城市奔去。八点十五分刚过，箱内的闹钟铃声大作。

这次是毫不客气的高分贝闹铃。它的声音让人的神经像受了电击似的，好像是要把残留的睡意驱赶得一丝不剩。

“哎呀，到起床时间了啊，好瞌睡！可今天有班要上，这也是没有办法的事啊……”

非起来不可。这次，N 先生真的把眼睛睁开了。

他从箱子里爬出来，去车上的洗手间刮胡子、洗脸。

“早上好……”

“嗯，今天也得全力以赴，把工作做好才行。”

随后 N 先生要了一份列车上出售的早餐。他习惯了每天喝一杯咖啡、一杯牛奶，吃烤面包片和火腿煎蛋。

N 先生一边看报一边慢慢把饭吃完。早餐结束之后，他从自己的箱子里拿出洗干净叠好的衬衫穿在身上，然后点上香烟，他早上要抽一根。

这么到了八点四十五分。列车到了城市的车站。从那里出发到上班的公司，步行要十五分钟。这样九点刚好上班。

公司下午五点下班。N 先生再次步行去车站坐车。必须准时上车，要是去别处晃悠耽误了，到家只会更晚。

回家要花四个小时。如果挤不上这趟通勤专列，就会非常无聊。

回程的列车开动了。

早上出门时供人睡觉的那些细长的箱子已被人送回去了。列车里面变得截然不同。

“今天玩点什么呢？”N先生沿着车厢一步一步往前走。

列车内有可以看电影或电视节目的车厢，也有体育用品一应俱全的车厢。虽然也有图书室，但休闲娱乐的车厢更多。有配备了赌博机的车厢，还有可以下围棋、下象棋、打麻将的车厢。一个很面熟的朋友走了过来，向N先生打招呼：“喂，我们下一局围棋怎么样？”

“算了，下次再下吧。我今天在公司里碰到了一点麻烦事，现在我只想把心里的郁闷宣泄出去……”N先生走进了歌舞酒吧车厢。

“哎哟哟，欢迎光临。很久不见您……”

几个漂亮的女招待欢迎N先生。乐团奏响了曲子，N先生的心情一片大好。

“我今天要喝个痛快。”

N先生又是喝酒，又是唱歌，为了不把上班时的不愉快带回家，他只能用这种方式放纵。

“在餐车里请人家吃点什么吧！”女招待死皮赖脸地央求道。

“啊，行啊……”

请完客后，N先生觉得还没有喝够，就一个人去了车厢里一间安静的酒吧。他点了一份威士忌酸酒一边喝着，一边不知不觉跟邻座的人搭起了话。

“我最近忽然在想一个问题，我们这些人为什么要去很远的大都市上班呢？”

“哟，您这想的可是一个了不起的根本性问题啊。您是对长距离通勤感到痛苦吗？还是觉得家在公司附近会更好一些？”邻桌一边举杯痛饮，一边反问道。

N 先生略加思考，然后回答道：“这没什么，我并没有感到痛苦。回家的路上心情非常愉快，比起家就在公司旁边，我觉得好得多啊。”

“这样的话，不是很好吗？”

“说的也是啊……”

很快，N 先生就到了他该下的那一站。坐上公交车很快就会到家。由于这里和大城市相隔甚远，空气非常新鲜。头顶上的星光是那样迷人。N 先生觉得每天像这样来回长途奔波也不算是一件坏事。

广告时代

早晨，N先生走出家门去上班。他住在公寓楼的第三十五层，正乘自动电梯下楼时，电梯在第三十层停了下来，一个小男孩走了进来。

N先生觉得男孩有些面熟，于是打招呼道：“小朋友，是去上学吧？”

“嗯，是的。”

“真是个好孩子，好好学习啊。”N先生轻抚着孩子的头说。

突然，小男孩精神抖擞地唱起了歌：“我要吃拉夫拉，我要吃拉夫拉。”

拉夫拉是一种食品的名称，孩子哼唱的是一首广告歌。唱完之后，孩子好像才清醒过来，他抬头冲着N先生嘻嘻笑了一声。

在第十五层，一位中年妇女走进电梯里。

“派林糖果，真是无比美味！”她用快乐的音调赞美着。

说完后，她像从梦中醒来似的对N先生寒暄起来：“今天天气真不错啊。”

电梯到了一楼，大家都走了出去。

所谓科技进步，就是你只要对某方面上心，什么都可以实现。心理学和大脑生理学的研究取得了长足进展，一项新科技被开发出来：稍加训练并辅以药物，就能诱导一个人做出条件反射。

所谓条件反射，是指下面这种现象：如果坚持在铃响的同时给狗喂食，有一天铃声响了却不喂食，狗也会流出口水来。该项新技术是把条件反射应用到人的身上，让人产生固定的行为模式。

也就是说，刚才那个小孩只要脑袋被人一摸，他就会马上不由自主地唱起那首广告歌；而那位中年妇女只要体会到电梯下坠时的失重感，就会说出那句对糖果的赞语。不用说，这些人每月都可以从投放广告的商家那里获得一笔报酬。

在如今这个时代，大多数为企业宣传的人，把一条或者数条反射神经租了出去。人们身上的潜能不可估量，而巧妙利用这种潜能的智慧也不可估量。

N先生乘上通勤地铁专线。这时正值出勤高峰，车厢里人满为患。

“弗洛丽娜化妆品，优雅又优质！”一个年轻的姑娘用动听的声音自言自语道。只要有人轻碰一下她的肩膀，她就会因为条件反射，说出这句广告词，现在正接连不断地重复着。

N先生心想：那姑娘的广告费一定很可观。把反射神经租给企业后，企业再根据其工作效率确定薪酬高低。那姑娘也许是想借此赚取结婚的费用吧。

如何使用自己的身体是由个人决定的，借此赚钱也是个人的自由。当然，把危险情况下的条件反射用作媒体是不被允许的。再怎么想赚钱，当手被门夹住时，总不至于有人先唱上一段广告词，再喊“痛死我了”来呼救吧？

车厢内有位中年男子。也许是昨晚没睡好，他打了个哈欠，接着说了句：“啊，强力多敏，赶走疲劳的最佳滋补药……”

对面的年轻人打了个喷嚏后也开始自言自语。

“鲁基牌感冒片，一吃就好。”

很难说这位年轻人是否会立刻服用鲁基牌感冒片。宣传媒体都是如此。就像收音机里正在宣传某公司生产的收音机，但那台收音机未必就是该公司的产品。

“哎哟，久违久违！”

有人在N先生的身后向他打招呼。回头一看，原来是他学生时代的一位老友。于是两人靠近握起手来。

N先生说：“顶级咖啡要数戈拉库西牌。不见面的这些日子，你都好吧？”

“还行吧。很久没见了，要不我们找个地方喝杯咖啡吧。你是从什么时候开始迷上了咖啡的？”

“我说过吗？啊，想起来了。一个星期之前，我把握手时的条件反射租给了一家咖啡公司。要说爱喝什么，我还是喜欢柠檬红茶。”

出地铁后，N先生和朋友在一家茶馆闲聊了片刻，交流了彼此的现状。

朋友摁灭烟头时，自言自语道："旅行时记得住恩捷尔宾馆。"他把摁灭烟头时的条件反射租了出去。

由于上班路上耽搁，N先生到达公司大楼时稍迟了一会儿。电梯里空荡荡的。电梯操作员是一位年轻姑娘，她对N先生微笑着。姑娘很漂亮，N先生对她颇有好感。

"你今天也很漂亮哦。"N先生凑过去悄悄说道。

N先生看身边没有其他人，轻轻吻了她一下。她不但没有强烈拒绝，反而露出了迷醉的表情。接着，她发声了。

"卡贝拉果汁，吻一般的甜蜜。"

卡贝拉是最近热卖的饮料的名字。

"原来你把接吻时的条件反射租给了果汁公司啊。吓我一跳。"

说完，N先生走出了电梯，他公司所在的楼层到了。他对此并不感到特别惊讶。新事物出现之初，人们都会以异样的目光看待，然而一旦普及，就不足为怪了。从早上开始，N先生虽然听到各种商品的名称，但很快就忘得一干二净，没有在他的脑子里留下任何印象。人们身上的潜能虽然难以估量，但人们身上潜在的适应能力好像更加不可思议呢。

恼人的上司

那天早上，我去公司上班。

“早上好！”

“啊，早上好！”

同事之间都在打招呼。我努力装出若无其事的样子，抑制着内心的不安。可另一方面，我也有种舒坦的感觉。

我朝离我有点远的上司的桌子看了一眼。从今天起，他再也不会对我大声叫骂了。所谓舒坦的感觉，我指的就是这一点。

我把昨晚发生的事情又回忆一遍。

昨天下午，公司开了一个会。我在会上提出了自以为非常高明的策划和意见。可是，上司却不理不睬。我虽然态度强硬，坚持自己的看法，但最终还是失败了。

会议结束了。下班的时候，上司约我去酒吧。他在会上没有采纳我的意见，也许是想弥补我吧？喝酒的时候，我始终老老实实。不过，我的酒品不是很好。

出了酒吧之后，我就开始和上司纠缠、无理取闹，说着类似“不要以为你用酒就能够敷衍我”的话。

上司说：“哎呀，我们边走边聊！稍微醒醒酒比较好。”

我借着酒劲把之前就有的不满一下子都倾吐出来。

“您的想法不对。”

“你说的是哪一方面？”

“方方面面。您应该把部下当人看，可您毫无同情和包容之心……”

“办企业求生存是残酷的。稍微马虎一点，就会被其他企业赶超，公司业绩就会下降。”

我们争吵了起来。毫无疑问，我上班的这家公司生意兴隆，因此，我的薪资也是不错的。可另一方面，公司用人过于简单粗暴。这位上司尤其恶劣。世上有很多驱使别人为自己当牛做马的人，而这位上司真是有过之而无不及。他没有一丝一毫的怜悯之心，只把下属当成机器使唤。

当我历数他的各种罪过的时候，在酒精的作用下，我一下子变得暴怒起来。上司一边眯眯笑，一边保持心平气和的态度，这反而火上浇油。我对他动起手来。尽管如此，上司还是镇静自若，不慌不忙。

“住手！瞎胡闹。愤怒不能解决任何问题。”

“不！我不用拳头说话，你就不明白是怎么回事！所以我要暴打你一顿，让你脑子清醒清醒！”

为了防止被打，上司伸出了右手。我逮住那只手，将它甩到一边。上司砰的一声倒地，摔在人行道上，嘴里没有发出任何声音。

“怎么了……”

不论我怎么呼喊他，他也没有一点反应。我有点担心，于是俯身查看他的脸。我以为他昏过去了，但并非如此，他已经没了呼吸。我把他的脉，感觉不到任何脉象。

我朝四周看了看。这里是公园，旁边有一条长椅。我把上司的身体拖到了长椅上。他的身子瘫软无力。我又试着把手放在他的胸口，果然没有心跳。那具身体渐渐凉了下来。

死了，他死了。我这才意识到问题的严重性。我该不该叫救护车？可是，叫救护车已经来不及了。对一个心跳停止、身体冰凉的人来说，已经无济于事了吧。

我该怎么办？我四下环视了一番，周围不见一个人影。谢天谢地，好像没有目击证人。在如此漆黑的夜色中，远处也许会有人看见，不过应该不至于看清我的样貌。

我得赶快离开现场！我虽然做出了这样的决定，但是并没有马上撒腿就跑。既然打算逃，那我行动起来就得谨慎小心。没有落下什么会成为证据的东西吧？检查过后，我的随身物品并没有掉在地上。我虽然动过上司的尸体和衣服，但上面应该不会留下指纹。也就是说，无法证明这是我犯下的罪行。我把上司的尸体又从长椅上转移到了人行道上。

然后，我回家了。我住的是个小单间，在一栋公寓楼里。我从安全出口的楼梯上去，进屋之前我没有遇到一个人。毫无意义的不在场证明还是不要做比较好。

不知什么时候我的酒醒了。我又开始喝起来。因为我犯了罪，不喝几口坐立难安。

但从某种意义上讲，这件事值得举杯庆贺。因为那个没有人情味的上司从这个世间消失了。只要我犯下的罪行没有暴露，举杯也不是不可以。应该不会暴露吧，因为既没有证据，也没有证人。

料定罪行不会暴露，我对上司的怜悯之情油然而生。那个家伙也是为了企业着想，才不得不那样做。也许他并不是一个十恶不赦的家伙，只是做得有点过分罢了。我时运不济，当了他的部下；他也倒霉透顶，当了我的上司。想到我这辈子再也不会和他相见，我生出这样的感慨……

上班后，我一边想着昨晚的事，一边工作。上司的办公桌一直空在那里。

“擅自缺勤，这可不多见啊。”

“嗯，在这之前，这样的情况只有两次。”

有人指着上司的桌子，你一言我一语地说着。恼人的上司没来上班，公司里多了一些快活的气氛。可另一方面，员工的工作效率降低了。

我心事重重地等着警察来。死者可不是身份不明之人，就算没有马上来，也会先跟公司联络。可是今天没有任何动静。我感到有些不可思议。也许是为了查明死因，警方正在解剖尸体吧？因为摔倒而磕到头部，这样的情况会按交通事故的流程来办吧？

如果警方怀疑是他杀，应该火速赶来办案才是。可是没有人来调查。我松了一口气。下班回家的路上，我顺便去酒吧喝了点酒。

第二天，我和往常一样去公司上班。我稍微迟到了一会儿。因为心情不错，我睡过了头。

当我朝自己的办公桌走去时，我朝上司的座位瞥了一眼，刹那间，我的身体僵直了。

这是咋回事？坐在那儿的，不正是上司吗？

他歇斯底里地大声呵斥着部下："各位，你们的工作有没有进展啊！如果工作态度懒散，我们会输给其他公司的！"

从他发出的声音可以判断这不是幻觉。我双手抱头在椅子上坐了好一会儿。前天晚上发生的一切是怎么回事？我当时确认过，上司的心跳和脉搏都停止了，我还真真切切地感受了尸体渐渐发凉的过程。也就是说，上司的确死了。

但现在他又坐在那里。虽然我曾后悔失手杀了他，觉得他罪不至死，被警察接二连三地调查也不是什么好事，他没死的话我就不用遭受良心的谴责和那些麻烦事了，但看到他活生生地出现在面前，对他的同情与自我反省的心情一下子烟消云散了。

我还没有着手工作。

这时，上司朝我大喊，命令我干活。他说了些什么，我根本就没有听进去。现在干不干活已经不重要了。

上司说："你发什么呆？平时那股子劲儿上哪儿去了？"

"啊……"

"啊什么啊！我真搞不明白，你怎么了？"

"我有点不舒服……"

“如果只是一点的话，忘我地工作就会好起来……”

他唠唠叨叨地训斥了一通。我现在要是舒服那才不正常呢。我在被一个两天前离世的死人训斥着。此前，我可没听说上司有双胞胎兄弟。就算有，指导工作时应该也做不到如此熟门熟路。

对上司唯命是从已经成了我的职业习惯。因此，我还是开始了工作，但像活在噩梦中一样。我实在想不通这是怎么回事。

一直这样下去的话，我的大脑会出问题吧。我必须想个办法。

过了两个星期，我对上司发出了邀请。

“下班后，上我家去喝一杯吧？”

“好啊。最近你有些不正常啊，好像发生了什么事。我陪你聊聊吧。”

上司随我回了家，我在公寓楼的房间里招待了他。

上司说道：“真是好酒啊！你听着，我在公司说的那些啰唆话，都是为你们将来着想。公司业绩要是上不去，倒霉的是我们每一个人。”

他大概是想挖苦我吧？装傻也该有个限度！面对杀他的人，他竟然可以如此亲切地套近乎。

我开始不高兴起来，而且是非常不爽。我应该想个办法了结这件事情才对。

我把准备好的毒药掺在酒里劝他喝下。这家伙反正已经死了，为什么不可以再杀他一次呢？上司不知我的用意，举杯一饮而尽。

毒性发作了，他开始痛不欲生。智能机器人造得再巧妙，也不会有这么逼真的演技吧？一点也不假，这就是人类死亡时的表现，又是挠胸，又是翻滚，最后筋疲力尽。

我这次真的杀了人吧？那么上次我把他摔死又该怎么解释呢？我慌忙去摸他——没有脉搏，身体也凉了下来。这究竟是怎么回事啊？

无法解释的现象让人毛骨悚然，我很久不能动弹。然而，计划必须执行到底才行。我瞅了瞅门外的走廊，在确认没有人之后，我从安全出口把尸体搬到楼下，然后装到了车上。

我驾驶着车辆，顺着夜间的道路朝郊外奔驰，一想到他可能会突然坐起来就感到心慌意乱。同时，我必须注意车速，万一遇到警察拦车盘查，我将无言以对。就算我说“其实我在两周前就杀了他”，也没人会相信。

没过多久，我发现了一片远离人烟的树林。我在那儿停了车，卸下尸体，把它搬到树林的中间。我把尸体放在一个合适的地方，然后返回车上拿铁锹。

我想，尸体会不会不翼而飞？但回来时尸体仍在那儿。我的心情越来越糟，手抖得连坑都挖不了。为了不留痕迹，我拼命往尸体上盖土。我又收集了落叶，抛撒在土堆上。行了，这样应该没问题了吧。

回家后，我擦去上司留在酒杯上的指纹。这样就没有任何证据证明我在这里犯过罪。现在大功告成了。要不了多久，时间就会把那具死尸变成一堆身份不明的枯骨。如果一切顺利，枯骨永远也不会被人发现。

第二天，我装作一副若无其事的样子去上班。

这一天就这样过去了。可不知怎么回事，接下来的一天，上司又来上班了，而且工作起来和以前完全一样。

我想按正常逻辑分析这件事情的来龙去脉，却做不到。或许这也没什么不好。胡思乱想的话，神经衰弱会变得更严重，估计得一直恶化下去。

尽管如此，当夜我还是驱车前往前天的树林中间看了一眼。那个土堆不见了！也就是说，尸体不在那儿了。

我只能认为：上司是个超人，他的肉体永恒不灭。

那个家伙不是等闲之辈。他大概拥有常人无法想象的超能力，也许体内装了一台微型时光机——就算死了，也能重返死前的时间，从而复活。也许他是外星人变的？

总之，虽不知其中的原因，但我感到他是一个非常厉害的角色。凭我的脑袋，是拿他没办法的。我只能承认这个现实，此外别无他法。

上司对我命令道："给我执行这个计划！"

"好的，我这就办……"

尽管我连杀了他两次，可他似乎毫不介意。这个人的心胸多么宽广啊！他有超人的力量，要惩罚我应该不是难事。所以我必须感谢他。

不管怎样，还是不要耍些不高明的手段跟他对抗为好。从今往后，我会效忠他，任他差遣。只要我小心做到不得罪他，他大概就不会对我痛下杀手了吧。总之对我来说，上司就像神一般的存在。

我一心一意地投入工作，样样遵照上司的指示。要是哪里惹恼了他，眨眼工夫，我的小命就保不住了吧？幸运的是，到目前为止还没有发生过这样的情况，但什么时候会发生，谁也不知道。这样一想，我就坐立不安起来。为了消除负面情绪，我只能全身心地投入工作……

工作是为了赎罪。至于我两次杀人，是不是可以通过工作的方式赎罪就不得而知了。不过除此之外好像也没有别的办法。这种补偿方式好像让上司颇为满意。

不用说，这之后我再也没有动过杀他的念头。假如我还打算杀他，这一次他大概是不会饶过我的吧？

我一个劲儿地埋头工作。

大约过了三年，我升职了。我根本没想过自己这么早就能被提拔。这似乎没有先例。尽管我说服自己，升职是拼命工作得来的回报，可我怎么都不相信自己的说法。

在一个休息日，我家来了一位中年男子。来客虽然穿着朴素，但收拾得干干净净。

“我经您的上司介绍，前来贵府拜访。请您和敝公司签订一份协议。”

“虽然之前没有听说，但既然是上司介绍的，我就听听看。”

我既然成了上司身边的人物，就不能将来客扫地出门。

对方说道：“这可不是随便哪一位都能加入的。若不是高级别的人都没有资格。我想您对此也许会感兴趣。如果没兴趣的话，也请保守秘密。”

“好的，我会的。在其他地方乱讲的话，有人会向上司汇报的。我不想伤了和气得罪人。可是，你葫芦里究竟卖的是什么药？”

“其实，我是生命保障公司的职员。”

“如果是人身保险的话，我投过保了。”

“这不是一般的人身保险，而是生命保障。”

“那是个什么东西？”

听我一问，来客说道：“到底该怎么说才好呢？它和灾害保险很接近，万一您有个七灾八难的，您会得到一样的替代品。除了说‘得到’之外，我找不出别的更合适的词语。总之，我的意思是敝公司将为您提供同样的东西作为补偿……”

“我不太懂你说的意思，给我说得简单点。”

“自然死亡或因病致死，这两样我们是干预不了的。但是如果是其他原因致死，我们可以做到让您还在这个世间存在。”

“这种事……可能吗？”

“您加入的话，敝公司就会提取您一些细胞，根据您的遗传基因进行快速培育。也就是说，在短时间内，把您从胎儿培养成现在的样子。也可以说是为您制造一个‘双胞胎’。”

“你们是要做一个和我一模一样的生命体啊。原来如此，借助科学的力量，那样的事也许是有可能实现。不过，那应该只是外表看上去一样罢了。”

看我歪着脑袋、半信半疑的样子，来客又说：“过几天，请您莅临敝公司。我们的电子设备会把包含在您脑细胞里的记忆复制到替身的大脑里。因为是完全相同的脑细胞，所以复制转移很容易。另外，您不会因为经过了这样的操作而产生记忆缺失。如此一来，肉体和记忆都会复制成功。这个替身同您本人相比，还会有哪里不一样呢？”

“你说得有道理。那样的话，确实没有哪里不一样了。”

“与此同时，还要在您的体内安装一台小型发报机。它可以把您每天的经历和感受传送到替身的大脑里。一旦收到您发来的死亡信号，我们会火速前往现场收尸灭迹，然后让替身苏醒并活动起来……”

想到和我完全一样的替身存放在生命保障公司，以睡眠中学习的方式把我的经历和感受存储在大脑里，为防备我的死亡而待命，我的心情变得复杂起来。这和舞台上的演员因身体原因倒下后立刻就有替补演员出场是一样的，而且，替补和本人还是同一个人。

“不过，前提是我得死才行，是吧？”

“您一旦死去，丧失意识，替身就会苏醒，开启意识。所谓意识是指记忆的总和。也就是说，在您的意识之外，是不存在任何其他东西的。”

“原来如此，也许事实就是你说的那样。”

“我想您已经实际体验过了。”

“是啊……”

原来上司的秘密就在这里啊。我怎么也想不到会有这样的事情。我刚一点头，来客就朝我探过身来。

“我想您还是加入为好。您刚被提拔，想必会在企业的方针和部下的不满之间两头受气，不管您是否心甘情愿，都得为企业着想。所以这正是您加入这个保障的最佳时机……”

“我懂了。”

这可是我亲自领教过的。

“难得您一下子就明白了。您如果加入的话，因为这个保障每个月缴纳的费用都是一样的，所以您利用替身的次数越频繁，对您来说也越划算。经常使用替身，您会业绩显著，提拔得也快。”

“你说得对。为了工作，得多准备几条命，好随时豁出去啊。”

“是啊！一定要像您这样想才行。”

我真没想到世上还有这等招数。虽然每月缴纳的保障费用是一大笔钱，但只要我一直工作，这点钱还是负担得起的。好的，不用别人说，我自己也会尽可能活用这个生命保障的。方法我知道。今后，我会毫不客气地驱使部下替我卖命。不过，这当中要是能出现一位想置我于死地，并付诸行动的莽汉就好了。

大头机器人

N先生经营企业，既多金又多才，是一位有头有脸的光鲜人物。然而，世上没有要风得风、要雨得雨的幸运儿。他不但患有健忘症，而且性格多疑，不信任别人。

经营企业，秘书是少不了的。而且，由于N先生生性健忘，他得找一个博闻强记的优秀秘书才行。话虽这么说，N先生又有不相信别人的一面。

一些重要事项，他非得让秘书牢记不可。不过，要是秘书把这些事出去和别人说，可就麻烦了。想到秘书被竞争公司收买，把秘密泄露出去，他就坐立难安。换作一般人，会用恰当的方式平衡这个矛盾，可生性多疑的N先生却始终忧心忡忡。

可是，要钱有钱、要才有才的N先生，还是想到了他的解决方法。他绞尽脑汁，终于研制出一样东西。

这个东西就是一台机器人——秘书机器人。虽说它是一个用金属制成的丑陋的人偶，但该有的性能它一样不缺。

“喂，我想出了个好主意，帮我把它记住……”

N先生一开口，机器人就点了点头。

“好的，我明白了。”

然后，过了几天，N先生问道：“这之前什么时候，我对你说过的那个好主意，还记得吗？”

于是，秘书机器人把N先生上次交代的内容条分缕析地回答了他，而且，它还帮他打印成了文字材料。这实在是太方便了。有了它，总算弥补了N先生健忘的缺点。而且它不会被人收买。N先生自鸣得意，他让机器人在身边随时待命，外出时也不忘记带上它。如此一来，他的工作进展得非常顺利。

有时N先生还把机器人带到酒吧去。

酒吧的女招待便拿它开涮：“喂，机器人，你家主人平时对你说了些什么？比方说，今天到这里来之前都对你说了些啥……”

“主人今天跟他的客户讨论了偷税漏税的事情。他还对我说，这是不可以记在账本上的重大事项，要我一定帮他记牢。”

机器人的这番话把N先生吓得惊慌失措。他连忙把它从酒吧里拽了出来。真是个混账东西！

这都是疏忽大意造成的。它虽然不会被金钱收买，可是只要被别人一问，不管对方是谁，它都会如实相告。这比被人收买更加危险。这个机器人非改造不可。幸好发现得早。

N先生拆开机器人，装上能识别N先生说话声的装置。经过这次改良，只有在他发问时，机器人才会应答，别人问话时，它则闭口不言。因为添加了新的零件，机器人的脑袋也大了一些。

“这下好啦，我可以放心了。”

可是，不久后N先生发现还是不行。一个休息日，他把机器人带回家之后放好。附近的一群孩子跟着来了，机器人不知在对孩子们说着什么。不应该有这样的事情发生啊。N先生便问孩子们：

“喂，你们是怎样让这台机器人说话的呀？”

“我们把叔叔的声音录下来放给它听，它就开始说话了。”

“原来如此。我太粗心了。还要把它改造一下。”

N先生对机器人做了改良。他又把一些新装置塞进了机器人的脑袋。机器人的脑袋又变大了一些。这次做出的调整是：N先生说“今天天气真好啊——”之后才开启对答模式，没有这句暗号它就不做回答。

“这样一来就没问题了吧。”

N先生放心地埋头工作。他把赚来的钱存放在保险柜里。这是一个开启程序十分复杂的钢制保险柜。N先生让秘书机器人记住开柜的方法，自己过了几天舒心的日子。

可是有一天，N先生坐在椅子上昏昏欲睡。这时，秘书机器人的声音让他睁开了眼睛。他感到很不可思议。

“这不正常啊。这家伙怎么又说起话来了……”

最后，他得出的结论是，自己一不小心说了梦话，睡着时说出了暗号。这也不安全。所幸刚才没人在场，要是被人偷听到了，那可就麻烦了。

N先生又对机器人进行了改良。他在机器人的嘴边安装了一个钥匙孔。也就是说，想让机器人说话的话，必须先把钥匙插入孔里转动，然后再说出暗号才行。由于塞入了不少新装置，机器人的脑袋又大了一圈。

可N先生很快明白，即使是这样，还不能彻底解决问题。因为他生性健忘，很快就忘了钥匙放在哪儿了。也不可能让机器人记住钥匙存放的地方，因为没了钥匙，机器人一个问题也回答不上来。

为了找到钥匙，N先生可没少折腾。于是，他尝试着做进一步的改良。那是一把绝对不会丢失，而且只有自己才有的钥匙——他的指纹。

他在机器人的鼻子上设置了一个机关。只需用右手食指按一下，机器人大脑里的装置就会确认这是不是他的指纹。确认之后，机器人就会开始答话。

“这样就好了……”

不过他仍然决定提高防范的等级。要是碰到一个精于使诈的家伙，说不定会复制他的指纹。万一他看到N先生触碰了某样东西，就会从那上面提取N先生的指纹，再做一个有N先生指纹的模子，用它按压秘书机器人的鼻子。这种情况该如何应对？也得事先采取措施才行。

N先生又往机器人的脑袋里添加了更为复杂的装置。他让机器人多了新的功能：在判断指纹的同时，还要确认是不是活人的手指。这样，它就绝不可能和其他的人说话了。

这样一来，不信任别人的N先生终于造出了一台完美无缺的秘书机器人。为防止碰到拆卸机器人的人，N先生在其内部

记忆装置上设定了自焚模式。如果有人想砸烂机器人的外壳或是撬锁，喷火装置就会启动。

“这样一来，无论出现什么情况，机器人绝不会被他人盗取秘密。”

N先生第一次体验到了从内心深处涌现的安全感。他举杯庆祝，一下子喝多了。醉醺醺的他，摇摇晃晃地站不稳，于是他抓住了身旁的机器人。可是，大头机器人失去了重心，倒在了摔倒在地的N先生的身旁，重重的脑袋把主人的右手食指砸烂了。

那之后的每一天，N先生搂着大头机器人以泪洗面。他的财产，他的奇思妙想，还有被记录下的重大秘密，这一切只有这台机器人知道。健忘的主人什么也记不得了。不管他如何向秘书机器人哭求，机器人都闭口不言，一个字也不说。

赶时髦的人

只要是新东西，不管是什么，N 先生都喜欢。因为家财万贯，他的这种爱好大多都能得到满足。

博览会开幕的当天他就飞奔过去。电动跑车刚问世，他立刻买来开着兜风。供普通人乘坐的民营宇宙飞船刚开始航行，他立刻赶去试乘。因为预约得很早，他成功地获得了座位。

电视屋刚刚上市，他就把它安装到了自己的家里。这是一种四面墙、天花板和地板都由屏幕组成，让人被电视图像包围的新产品。

N 先生还喜欢把这些时髦的东西讲给那些还没有体验过的人听，并因此得意扬扬，这就是他活着的意义。不过，他时常也受到别人的规劝。

“你太冒失了。如果一味赶时髦，你早晚会后悔的。比方说新型汽车要是出点什么事故，那就不值得了。”

可是，N 先生摇了摇头。

“哪里的话，不会有你说的那种情况。最先尝试的人很少有出事故的。所谓事故，是在极为普及的情况下，人们习以为常因而掉以轻心才导致的。统计数据是这么显示的。你看我，不是好好的吗？”

“但是，新产品这玩意儿，过一阵子就会升级换代，价格也会便宜。统计数据也说明了这一点。你花了大钱，难道不觉得吃亏吗？”

“哪里哪里，不管花多少钱，我都不会放弃尝鲜的爱好。”

“你真顽固！”

对方无话可说了。

当鸡尾酒自动调制机刚刚推出时，N先生就抢先买了一台。想喝鸡尾酒的时候只需按一下按钮，机器就能把各种酒自动混合，适度摇晃、冰镇，并注入合适的酒杯里。

按理说，鸡尾酒自动调制机应该具备了上述功能，可N先生买的这台却出了问题。大概是线路出了问题，配制出来的鸡尾酒味道和期待的不一样。制造商慌忙召回了产品。

“你在鸡尾酒自动调制机上栽跟头了吧？你这次吃了苦头，想必就不敢再尝鲜了。”朋友嘲笑起N先生。

“这叫什么话？自动调制机的那个故障我觉得挺有意思啊。因为调制出来的鸡尾酒是什么味道，试喝之前是想象不出来的。再没什么比那开心的事儿啦。人们只熟悉那之后销售的标准化鸡尾酒自动调制机，对我经历的趣事一无所知！好可怜哦……”

N先生得意扬扬地说道。与其说他是嘴硬，倒不如说他内心真的是这么想的。N 先生的朋友心生羡慕。看到朋友那种欣羡的表情，N 先生更加得意了。

于是，N 先生赶时髦的劲头有增无减。他游走在各大企业和研究所中，好像在催促他们推出新东西。

“没有推出新品，或举办新活动的计划吗？我可等得不耐烦了。价钱高点儿也没关系啊。”

“您太热心了。要是客户都像您，那可帮敝公司大忙啦。”

“要是客户都像我这样的话，我就不凑这个热闹了。生活的意义对我来说，就是充当少数赶时髦的人。对了，你们如果有正在研发中的产品，请一定告诉我。”N 先生热情地说。

偶尔他也得到这样的答复：

“我们有一个在火星上开发墓地，按单元分销的计划。难道您不想成为第一个被埋在那里的地球人吗？为此我们会在项目完成的第一时间通知您，到时请您即刻赴死！”

“不，这个还是算了。”

是因为近来新品上市的速度减缓？还是因为 N 先生对自己的嗜好变得更为狂热？他心怀不满，大伤脑筋。最近，他怎么也找不到新鲜感，也没有品尝到在人前炫耀的快感。他觉得有价值的事情似乎都已做完了。科技进展迟缓得令人心急，大概没什么新花样可玩了吧。

就在这时，有人带来了一个消息。

“据说，终于有了让人冬眠的方法，其安全性也得到了确认。这种方法是让人处于冷冻状态，百年后再复苏。还说最近要举行志愿者招募活动。”

“哦？人工冬眠啊，真是吸引人。好，我参加！在具有跨时代意义的事件面前犹豫不决，意味着背弃信仰。我要不顾一切地实现它！如果成不了百年后复苏的第一个人，我会死不瞑目的。”

嗜好发展到如此极端的程度，连朋友们都无法劝阻。

于是N先生接受了人工冬眠的技术处理，长眠不醒。处于冷冻状态的他，跳出了时间的长河。在他的周围，光阴在流逝，但对N先生来说，这只不过是睡着与醒来之间的一小会儿罢了。

百年之后，他的身体被解冻了，五脏六腑又开始工作起来，完全恢复到了冬眠前的状态。N先生在百年之后苏醒了。

周围有人在说话。

“早上好！您醒后精神真好啊，恭喜恭喜……”

百年后的人们欢迎N先生。人们等他恢复了体力后，领他到处游玩。这是一个不可思议的世纪。对N先生来说，一切都是那么新奇，他不停地问：“这是什么？那是什么？”

“那是私人宇宙飞船，它的动力和火箭喷射时产生的动力不同，因此它运行平稳，操作简便，极为安全。”

人们对N先生做了诸如此类的介绍。他虽然连连赞叹，但脸上现出无趣的神情。解说者虽然和蔼可亲，但言语中流露出的语气却是：连这都不知道，真可怜啊。

这谈不上是一个坏时代，但他唯独讨厌这一点，这个时代跟他爱赶时髦的嗜好颇不相投。N先生伤心起来。他想，这里只有我一个人什么都不知道，这岂不违背了我的初衷？我想向别人炫耀自己，那才是我活着的意义。

N先生问道：“没有在我之后冬眠的人吗？”

“多着呢。”有人回答道。

太好了。在那些家伙面前，我总还可以显摆一下。N先生打起精神，试着跟那些人见面。

可是，事情和他想的不同。那些人一个个无所不知。问起缘由，他们是这么说的：如果冬眠一百年，醒来后一定会成为时代的落伍者，日后的生活会有很多不便。为了弥补这一不足，研究者又研究出了新方法，他们往冬眠者大脑里输入了关于时代变迁的必要信息。

多亏了这个方法，那些在N先生之后的冬眠者醒来后并没有产生与时代的割裂感。

解说者补充道：“您当时操之过急了。要是再稍微等一等就好了。”

N先生长吁短叹。“是啊。看来，落后于时代、头脑陈腐的人只有我一个。这次彻底输了啊。”

爱情的魔力

一位中年男人来到机器人公司的N经理那儿，说道："我可以请你们为我造一台机器人吗？"

"可以啊，我们就是干这一行的。敝公司不是那种批量生产标准化工业机器人的厂家，而是专门制造需要精巧加工、用于特殊目的的机器人的公司。我们认为这样的产品富于艺术性。可是价格方面也高很多……"N经理扬扬自得地解释道。

"费用不是问题！"

"您想造一台从事什么工作、长什么模样的机器人呢？"

来客拿出名片，表明自己是一位律师：

"其实，我是某个资本家族的一名顾问……"

长话短说，是这么回事：有一对夫妻，家财万贯。两人不只物质富足，而且相亲相爱。结婚以来，不，应该说是从婚前相识以来，两人情深意笃，一直过着和睦的生活。无论是表面上，还是私下里，他们都是一对恩爱的老夫妻，让人一见便心生羡慕。

可是，不久前，老太太过世了。然而，对于在相亲相爱中度过了漫长人生的老头来说，在感情上和理智上都无法接受这个事实。他不承认自己的妻子已经离世。这场变故后，老人的怪异举动渐渐多了起来。

“情况就是这样。因为上了年纪，老人的大脑变得迟钝，可是在他的心里，依然对故去的老伴恋恋不舍……我怕他会发生意外。”

N经理一边点着头一边说：“这样啊。可是，这种情况和医生商量不是更好吗？”

“话虽这么说，但对一个来日无多的老人来说，对他使用心理疗法，让他明白最爱的妻子已经过世，也是一件很悲惨的事。”

“有道理。”

“还有一个更大的问题。那就是老人的行为过于诡异，可能会胡乱处置财产。老人的儿女对这件事情非常担心，还找我商量过。另外，对我来说，这也是一个关系到会不会失去这个主顾的迫切问题。”

“真是个现实的问题啊。那么，您打算怎么解决呢？”

在N经理的催促下，律师答道：“我想请您造一个和死去的老太太一模一样的机器人。把它放在老人身边，老人就能安安稳稳地度过余生，大家也都受益。钱不是问题，请您务必造出一台来。我们以老人需要精神伴侣为由，从政府那里申领了许可证。”

N经理验证完许可证，说："我知道了。不过，仿造一个死去的人，没有充分的资料……"

"资料我尽可能都收齐了。记录声音的录音带，记录身姿和动作的录像带，还有性格资料以及其他方面的资料。由于老人视听能力都已衰退，即使某些方面有不足，他也不会怀疑。"

"那就试试看吧！"

N经理承接了这笔生意。机器人在客户的催促中总算完工了。接到通知后赶来的律师看了成品机器人，非常高兴。

"太棒了！这就没问题了。不过，只是在外观上像吧。"

"声音也一模一样。只有性格这一块，因资料不足，我们就在机器人体内配置了一台高性能电脑，它可以适应、储存并固定与对方的关系。只要对机器人直截了当地讲明工作要求，它的卓越性能就会慢慢体现出来。"

"真不知该怎样感谢您才好，谢谢！"

律师高高兴兴地付了款，把机器人拿走了。不久之后，律师来电反馈，机器人的效果超过预期，老人的继承人们也都彻底放心了。

N经理抽空进行了回访。

机器人完全适应了环境。那温馨的场面中充满了老夫妻之间发自内心的浓情蜜意。老人也信以为真。机器人还轻轻哼着古老的歌曲。

自家公司的产品顺利地取得了令人满意的效果，N经理也非常满意。

平稳度过了几年后，老人也去世了。直到最后一刻，他都没有怀疑妻子是一台机器人。即便有心肠歹毒的家伙把真相告诉过他，老人也坚决不信。

为了表达谢意，顺便汇报情况，律师来到N经理那里。

“多亏了您，一切都处理得很圆满。家业继承问题也圆满解决了。可关于机器人，我们打算把它退还给您的时候……”

“出什么状况了？”

“它的样子不正常。它不想走出家门，好像说了不相信丈夫已死之类的话，肢体动作也不正常。”

听完汇报，N经理亲自去了一趟。果不其然，机器人拒绝被人搬运，也拒绝被拆卸，令人束手无策。它好像是在安慰精神异常的老人的过程中，变成了现在这个样子。

最后，N经理又造了一台和死去的老人一模一样的机器人。有了它之后，一切又恢复了正常，那一对安详的、彼此信赖的老夫妇的身影又出现了。

可是，这之后该如何收场呢？把它们分开已经不可能了。N经理把这对机器人送到一个小型火箭上，把它们发射到太空去了。

它们在太空里既不需要食物，也不需要空气，所以相对来说开销并不大。火箭喷射着火焰，渐渐消失在茫茫宇宙中。律师一边目送它们远去，一边对N经理说：

“那才是真正的爱情！您瞧，它们飞入了群星之中。不久之后，它们会到达某颗星球，住在它们的伊甸园里，过着永远相亲相爱的日子。”

“您的职业虽是律师，今天说的话却很有诗意。事实的确像您说的那样。它们走了，告别了这个真爱逐渐变为人类遗产的地球。现在的人们，就算还能在大脑中理解何谓爱情，但已无法让爱触及心灵深处了。我们好像听到了一首告别逝去爱情的乐曲。这真是一个凄美的爱情故事。”

律师不解地问N经理：“您也好奇怪啊。您这么做到底是为了什么？仔细一想，您这完全是在浪费钱啊，不像是一个企业家会做的事啊。”

“您是想让我把话挑明啊。其实，我想马上通知新闻中心，让这个故事成为大家茶余饭后的谈资。这岂不是绝妙的宣传？它将不露痕迹地表明我公司的机器人具有完美的品质。算算这个软广告的成本，其实我占了大便宜。”

律师仰望星空，感叹起来：“一点也不假，这个地球变得太现实了。”

进步

有一位科长，每天上午九点准时上班。

他从不迟到。落座后，他立刻开始工作，从不聊天打发时间。

他先浏览一遍桌上的信件，按必要程度进行分类，然后回复非处理不可的信件。另外，他还要对部下提交的报告，以及其他科室转来的文件等进行审批。上午的时间就这样过去了。

到了下午，大多数的时候都要开会。什么科长会啦，新产品研讨会啦，还有第62号计划相关人员会议啦，等等。会上，他会被部长点名回答问题。

部长有时会这样问："喂，你，对新的策划方案有什么好的想法吗？"

"啊……"

科长虽然绞尽脑汁做出了回答，但提出的总是些平庸之见。他脑袋里从来没有与众不同的点子。

这时，坐在一旁的同事插嘴说道："如果可以的话，请允许我谈谈自己的看法。"

在这种情况下，通常都是同事的提案更新颖。科长的建议因此很少得到采纳。所以，尽管担任科长一职颇有些时间，他却没有得到升迁。但是由于没有出过什么明显的纰漏，他也没有被降职。

科长每天在公司里的处境就是这样。尽管如此，他也没有发牢骚或是抱怨，因为说出来也无济于事，而且不怨天尤人也是他应该做到的。

五点一到就可以下班了。科长整理好桌面，下班回家。路上他没有去其他地方，而是直接打道回府。

科长推开家门，说道："我回来了。"

"啊，辛苦了。"

N先生迎上去，揭开科长后脖颈上的小盖子，为他注入润滑油。这位科长其实是一台机器人。N先生是他的主人。机器人的体貌特征与N先生大致相似。

不只N先生这样，去公司上班的全是机器人。公司里的部下也好，同事也好，上司当中从董事到老板全是机器人。人类迈入了机器人时代。人们亲自赶往上班地点工作的模式已经成为历史。

N先生只穿着一件运动衫。他一边叼着烟斗，任凭烟气袅袅升起，一边用软布擦拭回来的机器人。机器人早上还是干干净净的，去了一趟公司，回来就会脏得不成样子。

接着，他对机器人的内部进行检查。如果它什么地方损坏了就得维修，如果它该充电了就得充电。

N先生一边干活，一边问："你今天在公司的情况怎么样啊？"

"公司开了会，可是我的意见又没有被采纳。"

"哦，真遗憾啊。看来得把你电子脑的回路稍微改一改才行。"

"拜托了。还有，今天是发薪日。我把工资交给您。"

N先生收下机器人拿出来的工资袋。他没有特别关心里面的钱，因为机器人是不会糊弄他，诈他的钱的。

N先生拿着工资袋刚刚走到里屋，妻子就开口问："老公，今天是发工资的日子吧？"

"啊，是。你看……"

妻子接过N先生递过来的工资袋，开始检查里面的钱数。因为她只要稍一马虎，N先生就会在工资上面做手脚。

妻子虽然确认了工资分文不少，脸上却没有一点笑容，还发起牢骚来。

"老公，你可得再加点油啊！听说隔壁家的机器人都已经当上部长了。我可真是不甘心。"

"哎呀，可别那么说！为了提高机器人的性能，我可是在拼命学习啊。这一点你是知道的……"

"嗯……"

"我正在改良机器人。我准备改装机器人的电子脑，提高它记忆部分的性能，努力让它比同事的机器人更优秀。"N先生不厌其烦地解释道。

妻子也不是蛮不讲理的人，她意识到自己刚才发的牢骚有些不中听，于是她说："尽管改装机器人挺辛苦的，但还是请你想想办法，再努力一下。女儿眼看就要到结婚年龄了……"

"好的……"

为了不辜负家人的期望，N先生在机器人的内部又是拧又是拨，一直忙到深夜。

清晨，N先生被妻子叫醒了。

"老公，是时候起床了。"

在把机器人送出家门去公司上班后，N先生走进书房，一头扎进书堆里。堆放在这里的全是些非读不可的书。

其中一本书叫《如何让自己的机器人比别人的更快晋升》。如果大家都按这本书上说的方法改良自己的机器人，结果会怎么样呢？他硬着头皮啃起这本书，同时思考这个问题。读了之后，自己的机器人未必就能出人头地，但不读吧，它确实比别人的落后。

除此之外，非读不可的书有：《让机器人获得毅力的方法》《提升机器人创造力的方法》。还有一本叫《步入中年后的机器人容易出现的症状及解决方法》，内容涉及老化机器人故障的及早发现与维修方法。

"自由职业真令人羡慕啊……"N先生从书中抬起头来，自言自语道。

可是，现在才考虑改变职业是不可能的了。想要把机器人改造成适于律师、作家、设计师等自由职业的类型，就得从头开始学习才行。而且，就算把机器人改造成了自由职业者，那个领域想必也不好混吧。他这样安慰着自己。

N 先生继续翻着《让机器人获得会议发言技巧的方法》。该书内容非常深奥，就算把书翻烂了，也无法消化吸收。

他时不时长吁短叹起来：“唉，我真没用啊！”

N 先生想喝杯咖啡解解闷，就走出书房，去了餐厅和厨房。妻子和女儿都不在家，大概是出门买东西去了。餐桌上摆着一本妻子正在研读的书，书名是《让丈夫造出好机器人的操纵法》。

另外，椅子上面有一本女儿随手乱丢的杂志。封面上印着一行大字——“特集：认准能造出好机器人的男人并与其结婚的方法”。

邻居

我家隔壁搬来一对行为极其荒唐的夫妇。

原以为这户人家没有孩子，应该很安静才对。可是，我完全想错了。尽管我们两家隔着一个院子，但我总是听到高分贝的叫嚷声和怒吼声。好像是那家的丈夫比较恶劣，我一直听到的是男人的声音。

妻子倒像是一个温顺女子，我偶尔会遇见她。她给人的感觉像满怀悲伤又默默承受着不幸。

据此，我很容易地得出结论：丈夫是一个暴君，动不动就冲着妻子大发脾气。这跟我们这些和睦的家庭完全不同。

随着时间的流逝，隔壁邻居的打闹愈演愈烈。相比以前，女方脸上的红色肿块越变越大。一定是男方下手越来越狠了。

照这样下去，事情会变成什么样子呢？虽是别人家的事，但我却放心不下。可我不能特意登门，干涉别人家庭的内部纠纷，我既不能质问谁，也不能对谁提出忠告。我除了捏一把汗，关注事态发展之外，没有其他办法。

不过最近，一贯的打骂声听不见了。

一开始，我以为夫妻俩可能是去旅行了。或者是他们觉得没脸见左邻右舍，没打招呼就偷偷搬走了。可是，有一天下午，正当我修整院落时，隔着篱笆，我看到了隔壁人家的妻子。她春风满面，精神面貌和以前大不相同。我几乎没有认出她来。我不禁和她打起了招呼。

“哎哟，太太，今天天气真好啊。”

“嗯，是啊。连心情都特别舒畅。”

她的声音是那么爽朗，那么轻松愉快。

我不知不觉地问道：“您丈夫还好吧？”

话刚说出口，我就觉得这样问太不应该了，可她却毫无顾虑地答道：

“谢谢您关心，我老公最近受了点伤，这些天来一直在家里静养呢。”

“哦，那可不妙。是什么样的伤啊？”

“他出了车祸，开车时横冲直撞，结果撞到了电线杆上。不仅碰了头，大腿还骨折了。看来，恢复元气得花很长时间。”

“这样一来，您得照顾他的饮食起居，肯定很累吧？”我非常同情地问道。

可她的回答似乎并不像我担心的那样。

“这事儿要看您怎么想啦。在这之前，他特别让人心烦，可是出了事故之后，他像完全变了一个人似的。他变得乖顺起来，温柔了很多。我觉得这种状态如果能一直保持下去的话，也是一件大好事。”

她很高兴地笑了起来，并扭头朝自家看过去。

“老公！”她喊道。

听到招呼之后，她的丈夫迈着笨拙的步子从家里走了出来。

“啊……”他答道。

他的表情很温和，让人觉得像是看错了人。若是在以前，当他见到妻子和别的男人说话，一定会怒目圆睁，大声呵斥。看样子，他的脑袋在车祸中被撞后，整个人都变了。

正当我为此感到意外时，女邻居说道：“哎呀，我得回去做饭了……”

说着，她回到了家里。我见她抱着丈夫，把他安顿在椅子上。我被她的善良打动了。之前，她被丈夫那样虐待，现在报复一下丈夫也说得过去，可她丝毫没有那样的举动。

那之后过了几天，我想去拜访邻居家的男主人。这位变得温和的暴君似乎有些可怜，这勾起了我的好奇心。我按捺不住想好好观察一番的冲动。恰好有朋友送来一瓶威士忌，于是我决定把它当见面礼，带上它登门拜访。

我按了按玄关的门铃，然后等在那里，可半天也没有人来应答。可我并没有就此作罢，而是绕到院子里，隔着玻璃窗向里窥视。我发现男主人独自一人乖乖地坐在椅子上。

我打起招呼来：“您好……”

他朝我转过来，露出一张笑脸。

“啊……”他仅仅发出这个声音，没有为我开门。

于是我自己打开房门，走了进去。

“听说您受伤了，我今天来看望一下。”

他仍然笑着。

“啊……”

这是他仅有的答复。为了让他说点什么，我试着问他。

“今天，您太太上哪儿去啦？”

这时，我后面忽然传来一个声音。

“我在这儿。你受死吧……”

我吃惊地转过身去，女主人不知什么时候回来了，而且手里还拿了一把小型手枪，把枪口对准了我。

“请等一下！我只是来看您的丈夫，不是来入室行窃的。您快把那东西收起来。”

可她摇了摇头，说道：“既然我的秘密被你识破了，就不得不杀人灭口了。”

“您说的秘密指什么？”

“装傻也没用。不过反正你是要死的人了，就让你死个明白。是我杀了我的丈夫。”

“啊！那么这位……”

我指了指坐在椅子上的男人，可她没有理睬继续说道：“我一直在忍耐。慢慢地，我受不了了，终于杀了他。杀了他之后，我考虑该怎么处理这件事，想有没有可以瞒天过海的方法。我想起了刊登在报纸一角的一则广告：若来电咨询，任何问题都能妥善解决。抱着试试的心态，我打了电话。”

“是一家叫 R-service 的公司吧？”

“是的。他们很快来了，干净利索地替我处理一切。他们帮我掩埋了丈夫的尸体，又造了一台和他一模一样的机器人。机器人只是外表上像，性能仅仅局限于行走和以‘啊’应答。不过这已经足够了。你是不会让别人起疑心的，对吧，老公……”

只要女主人一打招呼，坐在椅子上的机器人就用和刚才一样的表情和声音回答道：“啊……”

“事情就是这样。谢天谢地，我终于从可怕的生活中解脱出来，过上了悠闲自在的日子。我想让这样的生活一直持续下去。因此，如果有人知道了这个秘密，我非杀了他不可。”

她把枪口对准我的胸口，准备扣动扳机。

“请，请等一下……”

我可不想死在她手下啊。我不想失去现在的快乐生活。为了摆脱眼前的困境，我决定坦白一直隐藏的秘密：很早开始，我的妻子就成了 R-service 公司制造的机器人。

人情味

R 先生是个上了年纪的大富翁。他拜访了年轻学者 F 博士。

短暂闲谈之后，R 先生说："机器人虽好，但若能再稍微改造一下就更好了。我家很早就使用机器人，现在感到不太满意。"

F 博士反问道："哪一点让您不满意？作为这个领域的学者，我想了解一下情况，作为日后改良的参考。"

"一言以蔽之，就是太死板了。机器人干起活来确实勤勤恳恳，很方便。但是，不管你对它说什么，它的回答都千篇一律：好的，明白了。它只懂得照章办事——准确而机械地执行任务。虽然我对这项科技成果表示感激，但总觉得机器人有些无聊。"

F 博士虽想反驳，请他不要吹毛求疵，但还是点头说道："我懂您的意思。我以前就预料到，早晚会有人提出这样的意见。"

"没想到能从机器人学者这里听到这番话。既然你这样说，肯定已经在研究相关对策了吧？"

“是的。不瞒您说，不久前我研发了一台新的机器人。我还让它出去学习为人处世的经验呢。”

“你是说外出求学吗？让机器人出去学习，这还真是前所未闻。是怎么回事？”R先生惊讶得瞪圆了双眼。

F博士就此做了说明。

“此前的机器人在制造时就被植入了基本记忆。在那之后，它也只吸收必要的信息作为记忆。因此，它变成了机械化的、准确的机器人。但这次不一样。记忆存储器预留了空间，还让它在人类之中生活。这样，和过去的机器人相比，它应该会有所提升。”

“原来如此，是给机器人增添人情味啊。那结果怎样呢？”

“现在还不好说，因为它昨天才游学归来。从现在开始，我们要在这里试用一段时间，观察一下它工作时的表现。”

听完F博士的话，R先生把身子凑上前去。

“能否让我在家里试用？至于用户体验报告，就由我来写吧。我已经厌烦了之前老实巴交的机器人，忍受不了了。新机器人没什么危险的地方吧？”

“安全性方面是没问题的。我在设计机器人时，已经排除了一切会对人造成伤害的因素。但尚不明了的是：它从人类身上学到了什么脾气性格？它又会有什么样的工作表现？”

“正因为这样才更有意思。请一定借给我呀！使用费嘛，不管多少都会支付的。”

R先生死皮赖脸地央求着，终于得到了F博士的同意。于是，他把从博士那里借来的机器人带回到自己的家里。

“那么……”

坐到椅子上的R先生刚开口，机器人就回答道：“是，您有什么吩咐？”

“好像和过去的机器人没什么差别啊。但是算了。我想喝酒。给我调一杯叫蓝诺瓦的鸡尾酒。如果不知道怎么调配，书架上那本书里有写。”

要是以前的机器人，它早就调酒去了。但是，新来的机器人却一动不动地站在那里。

R先生催促道：“喂，为什么不干活？你不会调酒吗？”

“当然会啊。可是，我不能为您调酒。喝酒对身体不好，对内脏、对大脑一点好处都没有。”

“别担心。我如果喝坏了胃的话，会吃药的。”

“那才叫得不偿失呢。您应该努力戒酒。如果您意志薄弱，非要让我调酒的话，那我就去给您调……”

“算了，我明白了。我不想喝酒了。回头我自己调酒喝吧。不喝酒的话，那就开车去郊外兜兜风。替我开车吧！”

R先生虽然发出了新的命令，但机器人还是站着不动。

R先生刚打算发牢骚，机器人就回答道：“最近，汽车的交通事故增加了。这是因为有人虽然知道让机器人开车很安全，却总想把方向盘握在自己手里。您要是碰到这种情况，被撞到的话就糟了。还是待在家里安全。如果您想欣赏风景，请打开立体彩电；如果您想呼吸新鲜空气，请调节空气净化装置。如果您就算碰到交通事故也要出门的话，我当然会遵从您的命令。我的身体不管遇到什么情况都不会破碎，所以我是无所谓的。”

“乌鸦嘴！我不想兜风了。我想睡觉。你把这间房的壁纸重新贴一下吧。”

可是，机器人说道：“换壁纸还是稍微等一段时间比较好。要不了多久，一种新壁纸就会问世。和现在的相比，新壁纸结实、耐脏，能消除回音，在色彩和其他方面都不错。现在换壁纸，很快又得换成新壁纸，我认为这样做太浪费了。”

“别担心花钱。”

“好的，如果您是明知这样做是烧钱的行为，还下达命令的话……”

“别说了！算了。你就在那边休息吧。”

R先生放弃使唤这台机器人了。为了确认，他向壁纸公司致电了解情况，的确如机器人所说，该公司最近会发售新产品。

第二天，R先生带着机器人去了F博士那里。

博士问道：“您的使用体验如何啊？”

“和以前的机器人的确不一样，它很有人情味。但是，它的人情味过了头。每当我命令它干什么，它就会提出忠告：对身体不好啦，太危险啦，太浪费啦。它之所以这样做，大概是出于对主人的忠诚吧。可是我觉得它太不好用了。看来，出门求学的结果是，它养成了一种爱说教的毛病。”

“可是，我送它去学习的地方不会让它变得爱说教啊……”

“话虽如此，可事实就是这样。你好好检查一下机器人吧！”

F博士觉得不可思议，仔细检查起来。虽然检查要花些时间，但R先生还是好奇地等待检查的结果。

过了一阵子，F博士说：“原来如此！的确和以前的机器人不一样，它具备了人的特点。”

“可不是嘛。那它是怎么养成爱说教的毛病的呢？”

“不，不是爱说教。”

“那又是什么呢？”

“它想偷懒，所以巧妙地编出了各种借口。”

是

“喂，快起床，都 7 点啦。”耳边有个声音轻轻说道。

我正做着一个快乐的梦。这个声音硬生生地把我从梦中拖出来，让我睁开眼睛。于是我条件反射地答道：“是……”

“今天是 2016 年 5 月 9 日哦。”耳朵上戴的那只耳环又说道。

自我懂事以来，这只耳环就戴在耳朵上。大大小小的事，它都指示我去做。

“是……”我回答道。

我要是沉默不语的话，它就会反反复复说上好几遍。其实，今年是不是 2016 年，我并不知道。今天到底是不是 5 月 9 日，我也不清楚。不过，既然指令如此，大概就是这样吧。这样掐指一算，我现在是 28 岁零 3 个月大的人了。

“坐到餐桌边吃早饭去。”

“是……”于是我乖乖地吃了早饭。

“洗脸，刷牙。”

"是……"

我把脸泡在自动洗脸盆里，按下了按钮。然后，我把口腔消毒器叼在嘴里，按下了按钮。洗漱之后，整个人清爽起来。

"换衣服。"

"是……"

"上班去。"

"是……"

我坐上家用直升机，按下自动操作按钮。这样就可以照常赶到上班的地方去。这之后，我完完全全按照耳边发出的指令投入工作，时不时休息一下。

"你可以休息一下。"

"是……"

我稍微休息了一下。可是，我心里却冒出了一个无法解释的疑问。

"为什么我得样样遵照那个声音的指示去做呢？这个东西，我把它摘下来扔到大海中去又会怎么样……"

正当我这样喃喃自语的时候，耳环很快说话了。

"喂，那样的事别去想它，是不对的。"

"……"

我不太认同。可只要我沉默不语，那个声音就一直说个没完。

"你应该知道我是谁才对。我是世界上性能最卓越、最大型的计算机。另外，你也应该知道为什么你的生活会变成现在这样。你们人类现在靠自己已经不能解决自身的问题了，所以才把所有的事情都委托给我来处理，不是吗？我是绝对不会出错的。你们只需听从我的指示，就可以平平安安、顺顺利利地生活下去。”

“……”

事实的确如此。那台大型计算机和这个耳环式超小型接收机通过电波连接在一起。和我相比，还是这个家伙对我本人有更正确的了解。不只我一人是这样，世上所有人都是这样。

“自我诞生以来，这个世界变得好多了，不是吗？我始终保持冷静，从不激动。没有意义的纷争消失了，世界迎来和平与繁荣，样样被治理得井然有序，社会平稳顺畅地运行。我要是不在了，整个世界将会陷入狂乱无序的状态。”

不知为何，我还是有点不满。

“你要是真的那么优秀，工作之类的事情，你索性全部代劳岂不更好？”

“你说的情况不成立。人这个东西，游手好闲的时间一旦多起来就容易出问题。我的判断是正确的。古话有云：小人闲居为不善。”

“是……”我回答道。

不回答的话，这样的训诫会一直讲个不停。这样争论下去，我不可能赢过这台无所不知的电脑。

有一天，那个声音又在我耳边轻轻响起。

“结婚吧。”

“是……”

“今天6点，你去20号街80巷。有个女孩站在那儿。”

“是……”

对方大概也得到了这样的指示。我们相识之后就结婚了。

大概计算机认真研究过我们的性格。婚后的生活一帆风顺，日子一天天过去。

“生孩子吧。”

“是……”

不久，孩子出生了。

“怎么养孩子，你们两口子不知道吧？”

“是……”

“别担心。养育方法和教育方法，一切照我说的去办。”

“是……”

孩子很健康，很听话，一天天长大。至此，我和以前的不同之处是：我已经完全习惯了遵照耳环的指示办事。

我不仅没了抗拒心理，还完全把它当成了我生活中的倚靠。这是多么方便的设备呀，又是多么值得信赖。多亏了它，我们才能如此轻松地度过人生中的一道道关卡。

它尽善尽美，无微不至。要是没有它，人生简直无法设想。这个声音万一中断了怎么办？一想到这个，我就不寒而栗。不只我一人是这样，全人类都是这样。

孩子长大到某个年龄了。

“在孩子的耳朵上戴好耳环。”

“是……”

时间在安稳的生活中逝去。

“你已经上了年纪，得做好思想准备才行。”

“是……”

不久之后，我生病了。

那个声音对我说道：“这一次，你无药可救了。”

“是……”

因为是那个声音做出的判定，所以肯定是事实吧。我日渐衰弱下去。

“你来日无多了。把家里人和律师叫来，立遗嘱吧。”

“是……”

我一一照做。

“向大家告别。”

“是……”

我向妻子、儿女还有各位朋友道别。

声音又发出指令：“好的，至此一切都结束了。死吧。”

“是……”

回答之后，我照着它说的做。只需听从指令就好，不需多想。因为它绝对不会出错，样样让人放心。

情感共鸣电视机

“这是我发明的具有划时代意义的电视机。和它比起来，以前的电视机都成了过时的破烂玩意儿。”F先生说道。

可是，从外观上看，这台电视机和以前的并没有太大差异。如果非要说有什么不同，那就是电视机顶部多了一根新型天线。

新产品发布会的来宾，都是F先生邀请来的业界人士和新闻记者。

看了新发明的电视机之后，他们问道：“它看起来并不比普通的电视机更出色，它的特色在哪里？”

“说到特色，可不是简简单单一句话就能说清的。从电子工程学到生理学、心理学、生物化学，它集合了一切学科的知识，是高科技的结晶。用它来收看节目，观众就会从心底对播出的节目产生共鸣。说白了，它就是为了解决情感共鸣问题而研发出来的。”

“与其自卖自夸，你不如早点儿让我们知道它的性能。”

“好的，正是为了这个目的，我才把各位请过来。”

F博士向来宾们分发了像手表一样的东西，并建议大家佩戴在手腕上。

“这是什么？”

“这里面装着各种药水。根据电视天线发出的电波信号，相关的药水就会被注射到手腕的静脉里。”

“是注射器吗？”来宾中有人的脸上出现了警惕的表情。

博士继续解释道：“一点儿也不疼，请放心。说到它的作用，比方说，播放喜剧节目时，给看电视的人注射一种让他发笑的药水，他就会纵声大笑起来。”

“可是，靠药物引发大笑并不是真正的快乐吧？”

“不，不是你说的那样。人工催笑也好，别的笑法也好，都会越笑越好笑。悲痛时流泪，悲伤就会愈发痛彻心扉。药水与节目一起作用，人们看喜剧节目时享受到的快乐是以前的两倍，不对，是四倍。”

“真是那样吗？”

“那我请大家实际体验一下。百闻不如一见嘛。”

F博士按下预先准备好的录像机的开关。屏幕上播出的是电视剧的画面。随着剧情发展，电视天线发出的指令信号，被同步发射到各人佩戴的手表型装置上。

根据指令，强化喜怒哀乐等各种感情的药水被注射到了人体当中。当然还要把药水起作用之前所需的时间考虑进去。因此，相对于剧情发展，指令信号的发射要稍微提前片刻。

现场所有的观众都被画面吸引住了。悲伤的场景出现时，大家心头一紧，自然地流下了眼泪。不仅是感情，当画面出现花田时，药水刺激了嗅觉神经，观众可以闻到花的香味。看到用餐的场景后，观众也会产生一种饱腹感。

电视剧的主人公遭到殴打时，观众本人也会有轻微的疼痛感。出现恋爱场景时，大家的心跳会自然加快。剧终时，观众或多或少带着一些感慨，心情变得尤其舒畅。

来宾无不赞叹道："实在是太了不起了！能研发出这样的电视机，我们打心底里佩服啊。不过，产生这种敬佩之情，不会也是药水的作用吧？"

"没那回事。要是借助药物的力量才赢得大家的尊敬，我可一点儿也高兴不起来。"

博士得意地笑了。

一位客人问道："看实况转播是什么样的体验？"

"做不到像看电影和电视节目那样完全同步。但是，看体育赛事实况转播之类的，在关键时刻，观众可以亢奋甚至狂热起来。"

"原来如此。"

"将来我们可以让手腕上的这个装置微型化，做成胶囊状的东西植入人体，这样我们就可以通过指令信号打开开关，让药水渗出来。另外，还要说明的是，由于一天释放两次中和剂，药水产生的副作用将荡然无存。"

"原来如此。"来宾们无不感叹。

就这样，具有新功能的电视机开始批量生产，在好评声中很快普及开来。和以前的电视机相比，新电视机让人身临其境，真实感极为强烈。观众只要体验一次，就再也离不开它了。

人们和剧中的主人公一起痛哭，一起欢笑，一起恋爱，一起冒险。当然，主人公死的时候，观众是不会死的，但会产生悲伤的情绪。

可是，有一天，却发生了一件出人意料的事情。电视台的通信线路出了故障。播出的节目与发射给药水的指令信号步调不一致。画面播放的是一部喜剧。正常情况下，观众会在药水的作用下放声大笑。然而，大家心里都堵得慌，一个个都哭了起来。

还有人会说："踩在香蕉皮上滑了一跤，这多么可怜啊！"

电视画面播放的是失恋场景，可观众却闻到了一股和失恋毫无关系的焦煳味，腿上也像是被人踢过一脚似的疼。

纪录片反映的是一个不幸的人的生活，但是由于故障仍然没有解决，人们一个个捧腹哈哈大笑。

"他那点悲痛不值一提。太滑稽了，太可笑了……"

一切都混乱不堪。不一会儿，节目中断了，电视台的负责人出现在电视机屏幕上，向观众致歉："非常抱歉。电视转播时出现了故障。在修复之前，请允许暂时停播。"

此时此刻，观众体内流淌的是加强愤怒情绪的药水。虽然发射给药水的指令信号中断，但药效依然存在。

"怎么回事?！电视台那家伙的嘴脸实在看不下去了！态度也恶劣，真是岂有此理！"

所有的观众都被愤怒的感情点燃了，一肚子恶气无处发泄。由于画面消失，只好把矛头对准了电视台。人们走出家门，蜂拥到电视台，不管是什么东西，都被他们砸得粉碎。也许是因为这场骚乱导致指令信号发生了改变，让人愤怒的药水消失了，取而代之的是让人感到心情大好的药水。

大家异口同声地喊道："哇，爽死我了。真叫一个痛快啊！"

免费电话机

N先生一边翻着日历，一边像突然想起什么似的，自言自语道："按理说，他该上门还钱了。"

大约半年前，N先生借给朋友一笔不小的钱。因为当时朋友哭着央求，说是商店运营资金不足，一定会连本带息如数奉还。

N先生拿出借据一看，偿还日期已经过了三天。尽管如此，朋友不但没有上门还钱，而且杳无音信。N先生非常生气。这家伙太不像话了。看来，必须说他几句，催他一下才行。那就给他打个电话吧。

N先生把手伸向桌子上的一部电话，却又把手缩了回来。他决定使用放在屋角的那部漂亮的电话。

那部电话放在一个银色的方形箱子上，形状虽然与普通电话一模一样，但上面绘了黄色的花朵、白色的蝴蝶、蓝色的星星等图案，给人一种幼儿玩具的感觉。N先生拨打了电话，连线的"嘟嘟"声响了几下，不一会儿，电话里传来对方的声音。

“喂，是我……”

N先生刚说完自己的名字，对方就诚惶诚恐地说道：“哎呀，您好，您好，真不好意思。实在是非常抱歉……”

为了拖延时间，对方说着一些不着边际的废话，脑子里正在急急忙忙地编理由吧。

这时，听筒里传出一个声音。它不是N先生的，也不是对方的，而是第三者的说话声，是一位年轻女性富有魅力的声音。

“本次通话由帕布广告公司承担一切费用，是免费电话。两位尽管放心，尽情畅谈吧。不过，请允许在通话过程中插播广告。”

原来，银色箱子上的漂亮电话另有目的。它是帕布广告公司新开发的广告媒体。因为通话双方一定会听到，所以广告效果应该很显著。基于这种判断，广告公司推出了这部电话。

几天前，广告公司的人拿来电话，把它放在用户家里免费使用。既然不用另外出钱，也就不会造成什么损失，于是N先生同意了。这也是他现在使用这部电话的原因。因为他觉得，催款时如果使用需要支付话费的电话，会显得很愚蠢。等语音广告结束后，N先生回到了正题上。

“喂，借给你的那笔钱，你打算何时还款？约定的还钱日期早就过了。白纸黑字不是写得很清楚吗？”

“……”

“喂，说点什么好不好？你在听吗？你听得到吗？”

N先生虽然想继续说下去，但又不得不暂停，因为语音广告又开始了。

“请选购以品质著称的青光电器公司生产的助听器。从低音到高音，高保真，超小型……”

等语音广告结束后，对方终于结结巴巴地辩解起来。

“当……当然，倒不是我忘了借钱这件事。那笔钱我投到店面装潢上去了，可营业额并没有像预估的那样增长，所以……”

对方正要说下去，语音广告又插了进来。

“洽谈生意时遇到问题，请跟马基公司下属商业咨询服务社联系。从橱窗装饰、商品陈列到劳务管理，为您全方面把脉，可保贵店营业额提高两倍以上……”

差不多过了30秒，语音广告刚结束，N先生打算说几句硬话，于是对着话筒扯着嗓子说道：“你性格太随便了！做事情没有规划，吊儿郎当！”

“实在抱歉！”

“假如你抱着一种无所谓的态度，认为赖账也没什么的话，那我这边也会准备一手，绝不会善罢甘休！”

语音广告又开始了。

“想要枪的话，请莅临那达体育用品商店。世界一流的猎枪应有尽有……”

对方用颤抖的声音回答道：“求求您了！帮帮我吧。虽然您生气是理所当然的，但请再宽限几天！不瞒您说，我儿子交了一个心爱的女友，突然说要结婚，我不得不做做准备啊。”

语音广告又插了进来。

“操办婚礼推荐银河会馆。为您打造高级与豪华的氛围。多种价格套餐可供选择……”

N先生说："这事我不知道啊。要是你家公子真要结婚，那我也就不逼你了。只是，在还款日到来之前，你该登门对我说明情况，打个招呼才对啊。"

听筒里又传来了语音广告的声音。

"婚庆送礼请选购初雪屋和式点心。人见人爱，作为伴手礼再合适不过……"

对方就未能登门辩解道："虽然我知道该去府上一趟，但我身体出了毛病，也许是上了年纪吧，肩膀酸痛，容易疲倦……"

话说到这儿又被打断了。这次插播的是一首歌曲。

"强力酷多露，强力酷多露。大家的全营养滋补品。粒粒饱含青春，粒粒充满活力……"

刚才虽然已经好好发了一顿脾气，但N先生心里还憋着火。

"如果生病不能出门，那么写封信或打个电话都可以啊！凡事要知道轻重缓急！工作也应该更加努力！"

因为把钱借了出去，N先生便想说什么就说什么。

对方被他连珠炮似的数落着，哭哭啼啼地说道："虽然我也非常努力地工作，但生意经营得好辛苦啊。请您稍微同情我一下吧。这个世道太险恶了。政府要是再稍微关心一下中小企业就好了……"

语音广告又来了。这次是一个男人粗犷的声音。他重复了几遍自己的名字，然后说道：

"为了创造一个宜居的社会，我这次参加了竞选。拜请各位热心投票，对我大力支持……"

R 先生的临终

“……基于这些原因，我的事业完全失败了。拖欠各位的债务，到了无力偿还的地步。我只剩下最后一条路可走——以死谢罪。”

R 先生独自一人坐在桌前，给债主们的信就这样写完了。夜深人静，R 先生的家被裹在一片黑暗中；房间里回响着他的叹息声，空洞而凄凉。

接着，R 先生在抽屉最里面翻找起来，拿出了一把旧手枪。手枪已是锈迹斑斑，他虽然怀疑子弹能否打得出来，但还是装上了。他觉得用这把枪来自杀完全够了。

“哎呀，一辈子了无生趣。希望来世有个好一点的人生。”R 先生自言自语道。

因为平时相信人死后可以复生，所以事到如今他并不是那么慌乱。于是，他最后一次环视了自己的房间，目光停留在还有少量威士忌的酒瓶上。

“那就喝完酒之后再自杀吧。把那一点酒喝完，我的财产就完全没了。”

他把酒倒入杯中，一饮而尽，他的财产全部化为乌有。这间住宅连同里面的家具，明天全部都是别人的了。存款和现金已经没有了，而且还债台高筑。欠下的债务劳作一生也偿还不清。

此外，为了能在事业上打个翻身仗，R 先生不眠不休，四处奔走，他的心脏功能因此急剧恶化。与其遭受心脏病的折磨，同时还要为了还钱一直工作下去，不如早些自杀，寄希望于来世投胎过得更好一些。

这时，外面响起了什么东西停下来的声音，接着是敲门声。

“没想到这么晚了还有人来。一定是来要账的吧。也够辛苦的。可我已经家徒四壁，身无分文了。更何况，很快我连命都要没了。不过，会是哪位债主呢？”

R 先生掀开窗帘，悄悄向外窥视。黑暗中好像停着像交通工具一样的东西。由于一片漆黑，细微之处无法分辨，也猜不到那辆车的主人是谁。

他把目光移向玄关。一个陌生的男人站在幽暗的门灯下，不仅仅是相貌，就连穿着打扮他也从来没有见到过。

R 先生拉开室内的门闩。伴着夜半的寒风，那个男人迈着奇怪的步子走了进来，站在灯光下。

“您是……”

说到这儿，R 先生打住了。这个男人四周笼罩着一种难以言状的异样感。这种东西和这间屋子里的任何东西都不一样。

那么，是死神找上门来了吧。

但是，R先生打消了这种念头，他继续说道：“很抱歉，我还没有筹到钱。”

不管来者是谁，除了讨债，不会有别的事。R先生养成了见人就低头认错的习惯。

但那个男人用一种与众不同的腔调反问道：“你说的筹钱是什么意思？”

“您难道不是债主吗？您是来向我收钱的吧？”

“啊哈哈，我明白了！和钱有关啊，能不能请你稍微为我解释一下，你说的钱这个神奇的东西是什么？”

面对那个男人的干笑，R先生有些不解。这个男人是不是有点不正常啊？

尽管如此，R先生还是把这看成人生最后的一丝慰藉。他说自己因为事业失败，债台高筑，除了一死了之，别无选择。

“……由于这些原因，我打算今晚自杀。”

“原来如此！那我也太幸运了。没想到我可以旁观这样的场景。这将成为非常棒的谈资。我实在是太高兴了。好吧，你快自杀吧，让我长长见识！”

这番话让R先生非常生气。

“这叫什么话……”

“我是说你不必回避什么，赶快死吧。我不会打扰你，我只在一旁安静地观看。”

“死的时候被人看热闹，这叫人情何以堪！旁观一个走投无路的人自杀，你这个家伙还有没有一点人性！”

“我没有你说的那个东西。喂，我还赶时间！你快点死吧，让我看看。”

R先生突然暴怒起来。

“你这个家伙还算人吗！我反正是一死，不如请你给我做个伴吧。在我自杀之前，先结束了你的性命！”

于是，他拿起桌上的手枪，朝对方开了火。枪声响起，但由于手枪很旧，子弹射偏了，只击中了那个男人的脚。

伴着“嘎吱嘎吱”的声音，男人一边倒地，一边说：“喂，喂，你这样可不行啊！”

但他的话语声中并没有痛苦的感觉。R先生感到不可思议，同时也后悔开枪打了他。

于是，他低头看着对方说道：“喂！疼不疼？是我不好。但这都是因为你刚才的话太让我生气了。”

“不疼，不疼。”

R先生听后一惊。他弯腰查看男人的伤口，更是大惊失色。伤口处连一滴血也没有。

“这是怎么回事？你这是假肢吗？”

“不是什么假肢。我浑身上下都是由机器零件组成的。”

听男人这么说，R先生更加仔细地察看伤口里面的情况。在刚才子弹射中的部位，可以看到亮闪闪的齿轮和发条，有种透明的油一样的东西流了出来。R先生换了一种手势拿枪，他用枪把敲击对方的脑袋。可是，对方并不怕疼，敲上去是金属的声音和手感。

“你……你是机器人？可是，如此精巧的机器人是谁造出来的？这绝对不是现代科技可以造出来的东西。你究竟是从什么地方来的？”

“对你们来说，我来自未来世界。进行时间旅行回到过去是我的计划。”

“未来？哦，未来的话，是有可能制造出像你这样的机器人。可你是怎么来的？”

“我是乘坐时空穿梭机来的，它就停在你家外边。”

R 先生记起刚才在黑暗中看到的外形奇特的交通工具。

“就是那个东西啊！那你为什么要从未来穿越而来呢？”

“未来天下太平，一切圆满无碍。可是没有谁心怀感恩。”

“未来不会有借钱、病苦之类的现象吧？”R 先生稍微表现出一点儿兴趣。

“在未来世界，借钱、生病、失恋、争斗、不满、仇恨，这些贫困和痛苦一样都不存在。可是，没有谁心怀感恩。因此我被派来对充满了痛苦的过去世界进行调查和汇报。目的是让大家认识到：和过去相比，我们正处在一个多么了不起的伟大时代。我搜集了大量的人间惨剧。然而，我还没见过自杀，所以特别要看一看你的死亡过程。”

机器人侃侃而谈，而 R 先生闭着眼睛，张着嘴巴，一直站着。精彩纷呈的未来世界，不但没有一样令人讨厌的东西，而且还有着如此精巧的机器人。R 先生想象着未来社会的美好图景，羡慕得不得了。于是，机器人说道：

“你的自杀好像推迟了。我不能再等下去了。虽然很遗憾，但这样一直逗留下去，时空连接器的运作将发生紊乱，这将导致我回程时的能量不足。再见……”

机器人踉踉跄跄地站起来，跛着腿打算走到门外去。

R先生慌忙喊道：“等……等一等，把我也带去吧！求求你了！”

“那可不行。”

“这有什么不好？像我这样走投无路的人去了之后现身说法，效果岂不是更好？”R先生死皮赖脸地说道。

“虽然如此，可一旦你窥见了未来，就不许再回到现在了。如果回到现在谈论未来的事情，历史将会发生大混乱，给人类带来灾难。”

“您不必担心。我对现世已经绝望。假如到了没有贫困、痛苦、恶行的社会，还有谁想要回来？”

再三恳求之后，R先生和机器人一起登上了黑暗中的时空穿梭机。伴随着空间被割裂般的声音，R先生感觉自己像被灰色的雾包裹住了，时空穿梭机朝着未来，在时间隧道中飞驰而去。

“好啦，到了。”

听到机器人这么说，R先生四下环视了一番。明媚的阳光下，整齐的楼宇森然而立，人们的脸上没有一丝阴霾，一切都井然有序地运作着，完全是一幅朝气蓬勃、辉煌灿烂的未来社会图景。

但很快，R先生发现自己置身于一个恐怖的世界。这里确实没有贫困、痛苦和恶行。可是，假如人人都成了机器人，这是理所当然的结局。而且，说到吃的东西，只有机油和电池。此外，就算死了，也别指望还有来生……

问题装置

严肃的气氛笼罩着法庭。时间一到，相关庭审人员纷纷起立，迎接法官的到来。法官宣布开庭。

被告席上是一名中年男人，他脸上流露出极其不满的表情，身体不停地微微颤动，显得非常焦躁。他的嘴角抽动着，眼神怪异。不知是这次庭审让他愤怒，还是他与生俱来的性格使然。

检察官开始提起公诉："被告制造出了一种可怕的装置。如果对此放任不管的话，很可能会对社会秩序造成根本性的颠覆，导致社会不安定。为了杜绝此类事件再次发生，必须严加惩罚。应该说，这是审判史上绝无仅有的、危险至极的重大案件……"

检察官缓了口气，接着严肃地宣读道："一名长年待在地下室的男子，不知出于何种动机，正在制作一种古怪的装置。接到市民这样的举报电话之后，巡警前往取证，发现了这个情况。于是，警官当场拘捕了当事人，收缴了装置。这虽没对社会造成实质性的危害，但毫无疑问是一种可怕的行为。这是我们得出的结论。”

作为物证的“问题装置”被搬到了法庭上。它的大小如同一个大型保险箱，银色的外壳上布满了按钮和小灯，还有一道细长的插口，好像是供卡片拔插的。给人的印象非常精巧。

被告抑制不住激动的心情，连说话的声音都走调了。

“那是我的东西！它是我耗费了大量资金，经过长年累月研制出来的！你们随随便便就把它没收了，简直是胡作非为！警察和小偷有什么区别……”

法官严厉喝止了他。

“这是法庭！不许你胡说八道！另外，被告不得破坏法庭条规。如果有话要说，必须委托律师代言。”

律师安慰被告说：“你想发火，这我理解，可是在法庭上咆哮可不行。只有我和你站在一条战线上，希望你理解这一点。其他律师都不愿意受理此案。我是出于同情，才为你辩护……”

律师好不容易说服了骂骂咧咧的被告。

法官说道：“根据被告的说法，该装置对社会大有裨益，根本就没有什么危害。对此，有必要让被告解释清楚这一点……”

说到这儿，律师的后背被被告戳了一下，他补充道：“该装置的功能若能被大家了解，一定会赢得支持的。我请求法官先生把各界专家学者召集到法庭上，对这个装置进行鉴定。”

然而此时，检察官却提出了异议。

“那可不行。如果那样的话，关于这个可怕装置的新闻就会传遍社会。我请求法官先生驳回对该装置进行鉴定的请求，并要求以非公开的形式审理此案。不是我喜欢非公开审判，而是目前的情况需要这样做。假如有人发明了一种操作简便而又威力巨大的武器，那该不该把这种武器向全世界公开呢？不用说，当然不应该。此案的审理与此同理。”

法官说道：“确实如此，我采纳检察官提出的请求。本案将非公开审理。”

几位旁听者被庭审人员请出门外。大门被关上了。

被告又大声叫嚷起来：“秘密审判，荒谬绝伦！这和中世纪的黑暗时代有什么区别！这种事情怎么能允许在现代发生！我坚决抗议！还有你，律师先生，你也是个混吃混喝的家伙。竭尽全力为被告辩护是你该尽的义务吧？请拿出你的办法来！”

“可是，法官已经做出了那样的判决。这是不能违抗的。你如果无理取闹的话，反而对你不利哦。”律师面带厌恶，用冷漠的语气说道。

可是，被告却闹得更凶，暴跳起来。他一只手勒住律师的脖子，另一只手抓起一把椅子挥舞起来。庭审人员设法控制住他，让他服帖下来。

即便如此，被告仍然叫嚣着：“你们一个个都想陷害我，想让我认罪！这世道完全乱套了！这里的人全是疯子……”

庭审人员捂住被告的嘴，让他安静下来。

律师一边从公文包里拿出一份文件交给法官，一边说：“根据被告刚才的行为，您也看得出来，他的言行举止不正常。他居然说法官先生、检察官先生、庭审人员，还有作为律师的我都是疯子。之所以会这样，是因为他本人的脑子有问题。这是医生开具的精神鉴定书。被告是一名妄想症重症患者。考虑到这一点，我恳请您免除对他的刑事处罚。”

法官宣布了判决。

“被告精神失常，因此不予判刑。我命令把被告送进指定的医院，痊愈之前不得回归社会。另外，没收这台问题装置，由法院负责销毁。如果让老百姓知道了有这样一种可怕的东西，可不是什么好事。这也是我们作为司法人员该尽的责任。”

被告又大闹起来。

“你们硬要把我当成精神病人！简直是自说自话……”

然而，律师劝慰他：“算啦算啦，你就认命吧。木已成舟，服从判决是这个社会的惯例啊……”

这样，庭审结束了。

在精神病医院里，那个中年男人唠唠叨叨地抱怨个没完。

“太过分了！这个社会全乱套了！”

同病房里的另一个患者和他攀谈起来。

“我也这么想！难怪我们被送到这种地方来。你干了什么？”

“我研发出一个了不起的东西，是一种计算机。它可以在极短的时间里做出正确的判决。眨眼工夫，明白晓畅的判决书就能自动生成。这种计算机要是得到普及的话，将提高诉讼的效率，还能减少相应的税款。什么检察官啦，法官啦，律师啦，就都用不着了……”

同病房的患者一边点头一边说：“这是没办法的啊。这种装置要是运用开来，法务工作者岂不都要失业？他们将拖家带口流落街头。所以他们才联合起来要把这事盖住。”

“听你这么分析也有道理。你为什么会被送到这家医院来呢？”

“我跟你的情况差不多。我发明了一种疗法：通过预诊，提前发现会干坏事的人，然后对他们实施脑部手术，把他们改造成好人。就在我准备向社会公开这种新疗法的时候，我突然被捕了。审判之后，我就被送到这里来了。如果世上一个坏人也没有的话，那司法人员就没饭吃啦。”

这两个人一辈子都别指望能从这里出去了。

怪异的不速之客

这里是齐达先生的别墅。它坐落在一片高原上，附近是郁郁葱葱的林海，还有一望无际的湖泊。另外，稍微走几步，就可以抵达高尔夫球场。这里不仅风景宜人，那幢别墅也十分气派、高大。

齐达先生经营一家加工企业，生产与海滨住宅相关的材料和零部件。这个行业的竞争非常激烈。假如在技术开发和产品营销上稍稍马虎大意，马上就会被其他公司击败。

然而，齐达先生是一个很有才干的人。公司一直顺利发展，几乎全靠他一己之力。因此他的收入也多，自然也就拥有了这样一幢别墅。

为了放松身心，齐达先生来到自己的别墅，打算待上一个星期。他还要在这样安静的环境中慢慢构想新计划。

齐达先生到了别墅之后，才抽根烟的工夫，看守别墅的男管家就跑来向他报告情况。

“别墅来了一个奇怪的家伙。”

“怎么回事，是有客人吗？告诉他，下周在公司约见。我现在正在休假。”

“不是。有一个机器人来了。是不是您订购的？”

“机器人？不知道啊。我不记得买过那种东西。在日常生活中，我是不主张使用机器人的。是哪里搞错了吧？让它回去。”齐达先生说道。

然而，男管家却露出为难的样子。

“可是办不到啊。不管我怎么跟它说，它都不回话。也不知道它是听不见，还是不会说话。让人束手无策。哎呀！它终究还是随便闯进来了！”

齐达先生朝男管家手指的方向看去，那个机器人正朝他这边走过来。这种机型的机器人不太多见，稳重大气的银色涂装，从外形上看也很高级。但是它原因不明地闯入私宅，给人增添了麻烦。

齐达先生对机器人喊道：“喂！机器人对我没用。你是搞错人家了吧？回去！”

可是，这话完全不奏效。还没听说过哪个机器人不服从命令的。

齐达先生对管家说：“看来跟它说了也不管用。给我把它推出去。”

“是……”

男管家战战兢兢地推搡着机器人，可是也不奏效。机器人的表面好像被特殊处理过，非常光滑，男管家的手碰上去就打滑，拿它毫无办法。男管家试着用身体猛地撞击它。可由于机器人表面太光滑，使不上力，他的身子偏到一边去了。

男管家向齐达先生报告说：“正如您所看到的，我拿它没有办法。”

“再想想别的办法。总之得把它撵出去。”

齐达先生过来帮忙，又把附近的人也请过来。他们尝试了种种办法，用棍子打，用绳子捆。但机器人比冰还要滑溜，一切努力都失败了。

即便如此，机器人并没有勃然大怒，只是安安静静地站在齐达先生身边。虽然它好像对人没有威胁，但被这样一个来历不明的机器人给盯上了，心里总不是滋味。不管怎样，得把它打发走才行。

齐达先生认真观察了一番机器人。他想，如果知道制造商名称的话，就可以打电话让他们前来取回。可是，机器人身上什么也没写，找不到任何线索。如此一来，真是求告无门。想到最后，齐达先生给警察打了一个电话求助。

“我被一个奇怪的机器人缠上了，正大伤脑筋呢。请帮帮我。”

“是个什么样的机器人？”

“嗯，颜色是……”齐达先生做了详细的说明。

警察做了更进一步的询问。

“它有什么狂暴行为吗？”

“没有。现在还没有……”

“这种情况不需要出警，除非机器人造成了财物受损、人员伤亡。”

“但我的生活被扰乱了！此时求助警方，应该说得通吧？”

“很遗憾，这是规定。”

警察冰冷又简短的回答让人大失所望，完全是一派官僚作风。知道无法依靠警方后，齐达先生气急了。看来，这事多半要靠自己解决。

齐达先生始终想不出一个好办法，他呆望着机器人。他总觉得对方很快就会干出点什么事，若能了解它的性能和目的，也许还能想出对策。可机器人没有表现出任何要做事的迹象。齐达先生放弃了。他想打打高尔夫，于是穿好衣服来到室外。

机器人也跟了出来。就算齐达先生在场地上兜圈子，它也形影不离。齐达先生心想：要是它能给我拿球包也好啊。可机器人什么也不干，只是一直跟着。齐达先生没法集中注意力，没有打出什么好成绩。

齐达先生返回别墅，开始用餐。此时机器人继续站在他身边，但稍微有了些动作。它用手指从桌上的饭菜里抓了一点吃起来。

齐达先生不解地说道：“你到底是为了什么被造出来的？你是从哪里来的？我想不明白为什么会有什么活也不干的机器人。另外，我也不理解你用指头抓东西吃的行为，这哪里像一台机器人干的事情啊……”

可是，机器人闭口不答一个字，齐达先生完全搞不清它的真实目的。既然不能把它轰走，那就只能自己逃离了。

齐达先生决定乘车回城里的家。可是，机器人唰地一下子挤进了车里，动作极为敏捷。就算想把它推下车，可手一碰到它就打滑，完全使不上力。齐达先生尝试了好几次之后放弃了努力，也打消了回城的想法。

齐达先生不管了，他上床睡觉。虽然他担心机器人半夜三更会扑过来攻击自己，但又没有其他办法。赶也赶不走，逃也逃不了，警察也指望不了，只能相信机器人还有不伤人的底线。

但是一夜风平浪静，天亮了。齐达先生环视四周，机器人并没有离开，它站在床边，好像是通宵达旦地站在那里。

齐达先生对机器人有了几分亲近感，因为他知道机器人对自己好像没有什么敌意。这样的生活持续了三天，机器人仍然没有要走的意思。它什么事情也不干，真实目的始终藏而不露。

一天下午，齐达先生外出散步。他在一条没有行人的山间小道上慢慢走着。机器人一如既往地跟着他。

齐达先生来到一处景色秀丽的地方，停下了脚步。机器人也不动了。它仿佛成了他的影子。不过齐达先生已经不在意了，他一边吸着烟斗，一边呆呆地眺望湖面和远方的群山。

这时，意外突然发生了。机器人出人意料地动了起来。几乎就在同一时间，传来一声枪响，然后是子弹打在什么东西上的声音。接着，又是一声枪响。这颗子弹好像打在机器人身上，然后弹到一旁。齐达先生心惊肉跳，边发抖边趴了下来。

在齐达先生换成安全姿势的眨眼工夫，机器人朝枪响的地方飞奔而去。这一次，又是极为敏捷的动作。

机器人很快抓来了一个持枪的男人。它全身只有掌心是不打滑的，它用这部分抓住了那个男人。而且它好像力大无比，男人再怎样拼命地挣扎也逃脱不了。

过了一会儿，警察神不知鬼不觉地跑了过来。机器人把那个男人交给了警方。

齐达先生问警察："那个家伙到底想干什么？"

"他想要杀了你。大概是你的竞争对手委托他干的吧。至于是哪家公司，我们会调查，让他坦白交代。"

"可是……"齐达先生还是大惑不解。

同行之间由于竞争激烈，也许会有公司产生那种想法。可这台机器人是怎么回事？

对此，警察小声解释道："我们警方收到情报，知道你好像被人盯上了，因此派这台机器人来保护你。它配备了雷达，会用身体替你抵挡子弹。另外，一旦抓到犯人，它就会用电波通知我们。"

"哦，原来机器人是贴身保镖啊。可是，就算如此，在我打电话时，你们把真相告诉我就好了。"齐达先生表现出一副不满的样子。

可警察说道："一旦告诉你，你就会警觉，那就很难抓住犯人了。那样的话，反而会让你担惊受怕。"

"确实有可能会那样。原来它用手指头抓东西吃是为了检查食物有没有被人投毒啊。哎呀，我还不知道你们造出了这样的机器人！"

"情况你也了解了，所以请保守秘密。如果这事被传开了，让坏人知道内情的话，下次再派机器人出门办案，效果就不理想了。见人只说三分话——你只需说被一台发生了故障的奇怪机器人纠缠不休，搞得头大就行了。不管怎样，能躲过这一劫，也是可喜可贺的事情啊。”

警察领着犯人撤离了现场。因为完成了任务，那台机器人跟在警方身后回去了。

齐达先生长舒了一口气，现在，他可以悠闲自在地享受剩下来的假日了。

神

R 先生经营着一家大公司。F 博士接受了他的邀请，去了他的公司大楼。R 先生的公司，小到玩具大到轮船，样样都生产，还经营食品和化妆品，甚至涉足国际贸易。公司的业务范围非常广泛。

F 博士被人带到一个富丽堂皇的房间。

R 先生出现了，他说："欢迎光临！我就不绕弯子了。其实，我有一件事情要拜托你，请你帮我造一样东西。报酬你要多少我都会给的。如果有必要的话，你可以随意使用我这边的资金和材料。不管你怎么用，我都不会有一句怨言。"

"您究竟是想开发什么产品？您给出的条件这么好，我也有痛痛快快大干一场的想法了。"

"那可不是普通的东西。我想请你帮我造神。" F 博士吃惊得瞪大了眼睛，他被 R 先生的回答惊呆了。

"造神？您不是开玩笑吧？而且为什么……"

"你感到吃惊也是情理之中的事。不过，我绝不是开玩笑。我经营着这么一家公司，资金周转良好，市场广阔。可是，当我独自冷静思考时，我就会真切地感到信仰的重要。因此，为了对社会有所裨益，我想到了这项重大计划。如果能在现实中造出神来，那么世人肯定都会拥有信仰。而那些怀疑神的存在的人会逐渐消失。"

R先生的说辞似乎有些道理，但总觉得好像哪里不对劲。不过，如此重大的项目让F博士热情高涨，浑身是劲。更何况，在资金方面他可以随意支配。

"那我就试试吧！"

"拜托你了！一切全听你的安排，想怎么干就怎么干！"

R先生开了一份证明：F博士可随意使用大楼里他喜欢的房间，公司员工任由他调遣，资金使用上也不受任何约束。

F博士一头扎进大楼里的一间办公室，拟订了各种计划。造神的方法任何一本书里都没有。在这之前，也没有从事这方面研究的学者。因此，该从什么地方下手，F博士很困惑。

然而，在经过几个星期的思索之后，F博士想出了一个方案。他很快订购了一台最新面世的大型电脑。这台电脑配置之高，性能之优，简直是达到了科技的顶峰。

电脑很快就被人运过来了。虽然花了一大笔钱，但他只需给R先生填写一份费用申请单，钱很快就支付出去了。在资金使用方面，R先生信守诺言。

接下来，F博士和全世界各大调查机构签订了合约。就人们对神是如何理解的、如何信仰的这一系列问题，发起一项调查。调查汇总之后，他会将结果一个个输入电脑。

如果存储了有关神的所有数据，那么这台设备就具有了和神一样的特质。如果这台设备的特质和神一样，那么这台设备不就是神了吗？

各种数据从世界各地纷至沓来。调查对象包括非洲大陆腹地的老人、阿拉伯世界的妇女、南太平洋诸岛的水手、美国的牧场主、英国的贵族、西班牙的农民等。电脑记录了所有有信仰的人对神的印象。

人们的答复各种各样，例如“神在静静地守护着我们”“神是一切幸福的源泉”“无耻之徒连神都会抛弃”“神的愤怒是很可怕的”，等等。它们被汇集起来录入了电脑里。

当然，他们还从宗教人士以及研究宗教的学者那里获取了更详细的资料。在各个图书馆里调查到的有关神的各种文献也被输入了电脑，其中包括以赞美诗为首的一切称颂神的诗歌，以及像“贫穷却信仰坚定的少女后来有了什么样的命运”之类的童话。

调查的内容当然会有重复，但电脑会自行处理这个问题。该计划像这样有序地进行着。

F博士的一个友人知道这个计划后向他提出了忠告。

“这事儿总让人觉得担心啊。人要造神，这是不被允许的。你应该随便找个理由放弃。”

“不，我没有放弃的想法。不管是谁，只要开拓一个崭新的领域，都会被别人这样说。开创日心说的哥白尼，牛痘接种术的发明者詹纳，提出进化论的达尔文，没有谁不是那样。所以，请不要劝阻我。如果成功了，我做的就是一件非常了不起的事情。可是，研发的结果谁都无法预料……”

F博士越干越有劲，他全身心投入这项工作中。日子一天天过去，他研制的那台设备越来越接近于神。有一天，R先生来了。

“进展得怎么样了？不必在意，我不是来催你的。这里的一切我已经完全委托给你了，我说过我是不会发表太多意见的。我只是太想知道情况怎么样了。”

F博士迎上前说道：“请放心。一切进展得都非常顺利。与其我给您说上一堆，不如您自己亲眼看吧。”

F博士把R先生领到那间摆放设备的办公室，然后关闭了室内照明。黑暗中，那台设备发出微微的金色光芒。

R先生问道：“这是怎么回事？是涂了某种发光的涂料吗？”

“没有。它是自然发光的。虽然做了各种调查，但为什么它会发金光，我们也没弄明白。随着输入数据的增加，它就变成了这个样子。看起来很神圣吧？”

“原来是这么回事。确实是这样。”

设备周身透着一种神圣感。它发出的“滴滴答答”的声音和一开始时不一样了，多了一种庄严的音调，一闪一闪的指示灯也洋溢着神圣的气氛。为什么会有这样的变化，也原因不明。看到这一切，R先生非常满意，他鼓励了F博士一番，然后回去了。

F博士继续推进他的项目。他手下有人感到害怕，于是逃走了。不过他通过高薪很快补充了人员。有人仍向他提出忠告，劝他放弃，但他对忠告充耳不闻。

神是什么？与此有关的信息被从世界各个角落精心收集起来，数量达到了几亿条。这些信息在极为精密的电脑内部被分类、整理、统合，正在形成一种特质。当进展到最终阶段，设备就变成了神，神就降临世间了。而且，这是指日可待的事情。F博士干劲十足，夜以继日地投入工作。

可是，某一天晚上，发生了出乎意料的事情。那台设备逐渐变得模糊起来，正一点点地消失。

以F博士为首的相关人员急得团团转，但不知该如何解决这个问题。原因无人知晓。没过多久，那台设备就彻底消失了。

听到消息后，R先生也赶来了。得知他期待的东西消失不见后，R先生对F博士抱怨起来。

“你是怎么搞的啊！我一直以来对你委以重托，让你自由发挥。可没想到结果是这样的！”

F博士辩解道：“我也没想到会导致这样的情况。可是，事情已经发生了。所谓神，它应该是一种超感觉的存在，看不见也摸不着。因此，到了最终阶段，它自然就消失了。这也证明了那台设备已经变成了神。也就是说，项目已经完成，我的任务也结束了。”

“不对，不是你说的那样。我们的合约是这样写的：完工之后，把它交付给我。所以你要负责任。”

“那不可能。项目已经完工了。因为神是所有人的神，像这样不是很好吗？您为什么想独占那个神呢？”

被F博士这么一问，R先生激动地大叫起来：

“这样的话，我的金点子就泡汤了！其实，我本来是想把神用在生意上。神造好后，让它保佑我的公司，那么不管什么样的竞争对手，我们都不会输。这样公司就会有进一步的发展，利润也会跃升到一个更高的台阶。因此我才投入了大笔资金造神，现在却是这种结果！神消失了是什么玩意儿！要是早知道会变成这样，也就用不着造什么神了！混账！神什么的见鬼去吧……”

R 先生继续破口大骂，亵渎神灵。

就在这时，室外雷声大作。一道闪电从窗口射入，把 R 先生击倒在地，他当场暴毙。

这突如其来的状况让 F 博士呆若木鸡。不久之后，他回过神来，从窗口向外面看去，远处依然雷声滚滚，经久不息。

落下的陨石不知击毁了哪一户人家。那户人家里大概也有一个把神惹怒了的人吧。虽然我们的眼睛看不见神，可现在，神的的确确是存在的。

F 博士浑身颤抖，其他人也像他一样。大家的耳畔响起了收音机里播出的紧急新闻：火山喷发、洪水泛滥……

冬蝶

这是让空气变得像水晶一样的酷寒季节。黄昏中，雪花开始变成硬邦邦的干粉飘落在地，而且越下越紧，但家里却充满了初夏时节的清爽亮光。

“老公！你过来一下嘛……”

妻子那充满青春气息的声音在家里回荡。她虽然没有大声叫唤，但声音却可以通过安装在各间房里的对讲机，轻柔地传到各个房间。

“啊，马上就来。”

丈夫一边回话，一边丢下他心爱的花花草草，站起身来。桌上的塑料箱里，生长着一排小向日葵。它们沐浴着强烈的光线，每株约有十厘米高。此前，男主人沉迷于把向日葵改造成高约五厘米而且能开花的更小植株。他最大的快乐就是实现这一目标后，在朋友面前炫耀。

“哎呀，到底有什么事？”

仿佛是对男主人自言自语的唱和，墙上的七彩光提前把走廊照亮了。

“又在化妆间里啊。”

从墙壁上流泻下来的光，在一间屋子的房门上闪烁着，然后停下不闪了。随着男主人的走近，对开门往左右两侧打开了。

“你看这样行吗？”

妻子对着镜子，心里乐开了花。眼前那面镜子周围，像九曜星一样围绕着小巧的屏幕。女主人的影像——无论是后背、左右两侧，还是斜前方的角度，都被一一映在屏幕里。当镜子中央的女主人把手贴在头发上的时候，屏幕里的那些影像也跟着一起动起来。这是因为安装在房间各个角落的摄像机正在运作。

“你太美了。现在流行这个？”丈夫用温柔的声音对妻子说道。

“你看，这衣服……”

妻子在化妆间里缓缓踱着步子。她那宽松的礼服，颜色有如碧蓝的大海。随着身体的摇摆，衣服上的蝴蝶图案泛起亮光，一起扇动翅膀。

妻子一会儿照镜子一会儿看丈夫。她哼着歌，轻轻跳跃。那些蝴蝶便忙不迭地跟着她成群飞舞起来。

“好看吧，我太开心了！”

妻子朝丈夫飞奔过去。那些蝴蝶敛翅稍息，老老实实地等到女主人献吻结束。

“现在出门还早着呢。”

男主人看着用宝石嵌成星座形状的壁钟，说起了今天晚上的宴会。

“嗯。不过，我想早点换上出门的衣服看看。”

妻子稍微想了想，补充说道：“对了，我们让‘萌’也跟着去见见世面吧。”

萌，是他们的宠物——一只猴子。

“萌……”

“萌……萌……”

呼唤声从一间房传到了另一间房。不一会儿，门开了，那只叫萌的猴子手脚并用地走了进来，坐在角落里的一把椅子上。

“萌，看我的衣服，怎么样？”

女主人在萌身边转起圈，让它看衣服上飞舞的蝴蝶。而萌深陷的眼睛却浮现出悲哀的神色，毫无表情地盯着蝴蝶。那些蝴蝶像在湛蓝的海上骄傲地翩翩飞舞，讥笑着萌。

男主人感到有些无聊，下意识地掏出香烟。他把对身体无害的洛基牌香烟叼在嘴里，“吧嗒”一声合上烟盒的同时，安装在房间各个角落的热射线发生器射出一道精准无误的射线，点着了烟。

烟气袅袅升腾，随后扩散开来，满屋子充满了香味。不过，这可不是萌喜欢的味道。一旦烟气靠近，萌就眉头紧皱，还略微咳嗽几声。

“我还是再摆弄一会儿我的花吧。”

丈夫扔了烟蒂，走出房间。脚下的地毯泛起细小的浪纹，把烟灰和烟蒂搬运到角落里，清理之后又不声不响地恢复了原状。

妻子好像是要打破这片宁静似的，朝镜子转过身去，按下了按钮。音乐从四壁传来，有如春霞满天。女主人被四周的仙乐围绕着，继续化她的妆。被忘在一旁椅子上的萌，把下巴枕在膝盖上，合上了双眼。不知是陶醉在音乐里，还是根本就没打算要听只想睡上一觉。时间在平静中一点点流逝，女主人的晚妆完成了。

“接下来……”

女主人用做了荧光美甲的手指按下珍珠色的按钮。只需按下这个按钮，脚边就会向上缓缓蒸腾起香水的雾气，这是化妆的最后一道程序。

“哎呀，这是怎么了？”

香水的雾气并没有冒出来，镜子周围的屏幕也开始模糊起来了，身旁一下子暗淡下来。房间里只剩下从窗户射入的带着苍茫暮色的微光。

“老公……”

可是，她的声音传不到任何一间房里去。

“老公……”

女主人感觉不对劲，她稍微提高了嗓门，迈着碎步，想从房间里赶快走出去。没通电的房门大敞着，走廊里没有一丝亮光。女主人用手探着路，朝花房走去。她衣服上的那些蝴蝶闪着幽光快乐地飞舞，只是那点光芒远不足以把走廊照亮。

“老公……”

“啊，我在这里。到底怎么了？怎么会发生这种事？”

“一切都瘫痪了。我们该怎么办啊？”

“你问我我也不知道啊。这下麻烦了。好不容易弄的向日葵，现在蔫了。电视机、收音机甚至电话，都不能用了。”

“看来只能问一下外面的人是怎么回事了。”

“估计只有我们一家停电吧。”

寒气从窗户悄然潜入，夫妻俩挨近窗边朝外张望。平时，伴着蔼蔼暮色的是亮着灯火、略有间隔的几户人家。如今，那些屋舍被雪花抹上冰冷的颜色，像死一般横卧在黑暗的黄昏里。远处繁华街道的上空也不见一丝亮光，被令人难以置信的荒凉笼罩着。

“不只是我们家。整座城市都停电了。”

“嗯，这种时候宇宙飞船也无法着陆，会发生重大事故的。”

“好可怕。”

仅剩的一点亮光也从窗口消失了，取而代之的是透过窗玻璃渗入的寒气。

“好冷啊！”

妻子把蝴蝶图案的礼服裹紧，起了一身鸡皮疙瘩。

“没有其他的衣服穿了吗？”

“以前的衣服今早都被我溶化掉了。内衣也只剩身上这一套。”

“早知道留点就好了。”

“现在说这话也来不及了。现在什么都可以通过配送管道立刻拿到手，谁家还有多余的储备啊。而且谁能想到会停电啊。”

妻子一边说一边用手摸索着去触碰桌子侧面的按钮。要是平时的话，会弹出一只杯子，接着又热又浓的咖啡会注入杯中，而现在，什么声音也没有。

“很快会恢复正常的吧。”丈夫安慰道，心里却没底。他把烟叼在嘴里，把香烟盒弄得噼啪作响，却没有热射线把它点燃。

黑暗中，只有衣服上的那些蝴蝶和荧光的指甲时不时闪着幽光晃动。一切都停止了，只剩下安静。小两口肩并肩坐在长椅上，凝视着窗户。

“雪花落地时还发出声音啊，好可怕。”

在有生以来未曾体验过的一片寂静中，小两口似乎听到了雪花堆积时发出的声音。它也像悄然逼近的命运的脚步声。

“想起来了。地下车库的汽车里有台便携式收音机，我去拿。”

“那你早点回来啊。”

丈夫顺着墙从房间里走了出去。留下来的妻子想忘记身上的寒冷和内心的不安，于是站起来，踏起舞步。黑暗中，那些蝴蝶跟着她眼花缭乱地纷飞起来。

“找到了。”丈夫手里拿着那台亮着橘色小灯的收音机说道。他用脚试探着地板，回到了房间里。

“能听到什么吗……”

小两口注视着橘色调谐度盘上的指针，虽然它在慢慢偏转，但收音机并没有发出任何声音。

“是坏了吗？”

“不可能坏呀。我前天开车时，收音机不是还好好的吗？”

“看来是电台那里都停电了……”

丈夫气恼地把手从调谐度盘上拿开。尽管收音机的功能一切正常，却发挥不了作用。这台发着橘色光亮的机器如今只让人觉得讨厌。

“要不我们去邻家看看吧……”妻子用几乎要哭出来的声音说道。

“可是怎么去呢？大街上停电了，开车去寸步难行。走着去一开门我们就会被冻僵的。就算是去了，和这里也没什么两样。”

“那怎么办才好嘛。好冷啊……”妻子低声哭了起来。

“很快一切都会恢复正常的。干脆闭上眼睛吧。”

尽管丈夫温柔地抱紧妻子，但仍然无法抵御极度的严寒。寒冷穿过窗户，爬过地板，侵袭着女人冰凉的身体。男人自己的身体也因为严寒的侵袭变得越来越凉。

“肚子好饿……”妻子用有气无力的声音说道。

“我刚把所有的水龙头都拧了个遍，没有一滴水。除了像这样干等之外，没有任何别的办法。”

不知哪一方把嘴唇贴在了另一方的嘴唇上。壁上的挂钟虽然停止了，但时间却在冷漠地流逝着。

“好困呀……”

“啊，我也是。”

“头一回能睡得这么安静、这么沉。”

小两口把头枕在对方的肩膀上，喃喃细语着。

“这是一场噩梦。等我们睁眼时，一切都会恢复原状的。”

“晚宴也好，香水雾也好……”

“啊，可是，萌该怎么办？它一定在某间房里受冻吧？”

“它皮厚毛密，不会有事的。”

小两口有一句没一句地说着话，不知什么时候睡着了，他们并不知道这成了永远的长眠。在收音机橘色微光的映照下，那些蝴蝶一声不响地敛翅而息，时而又像记起点什么似的扑腾两下，然后完全不动了。在光线照射不到的桌面上，向日葵们垂着脑袋，寂静无声。死亡的大幕把这户人家包裹了起来。也许，把其他的人家也都包裹了起来。

不过，在这户人家里，有一种轻柔的声音四下传开了。那是变成了一家之主的萌的欢唱。曾被电器闪来闪去的灯光戏弄的萌，现在彻底自由了。它把藏起来的食物搬了出来，摆在客厅的正中央吃了起来。

萌手里还拿着拧下来的椅子腿，跳到了贵重的古董木桌上。它把椅腿放在两手之间，像钻头那样搓了起来。

雪花在窗外伸手不见五指的黑夜中飘舞，在这片无人知晓的黑暗里，萌快乐地继续着手上的工作。

反复无常的机器人

“这是我制造的最优秀的机器人，它样样都能干。对人类来说，大概没有比它更理想的机器人了！”博士得意扬扬地说道。

听到这话，富豪N先生说：“你一定要把它卖给我！其实我打算一个人在孤岛的别墅里静静过一段时间。我想在那里使用这个机器人。”

“那就卖给您吧，它会有用的！”博士点点头。

N先生付了一大笔钱，买下了机器人，然后去了岛上的别墅。回程的船要一个月之后才会来接他。

“这样我就可以悠闲自在地度假了。既不用看书信、文件，也不会被电话骚扰。先喝一瓶啤酒吧。”N先生自言自语道。

话音未落，机器人马上就去拿来了啤酒，倒在玻璃杯里。

“果然不错。我也饿了！”

“是，明白。”机器人回答道。

眨眼工夫，它就做好饭菜，端了过来。

品尝着饭菜的N先生心满意足地说："味道真不错！你真不愧是一台优秀的机器人！"

机器人不只会烧饭做菜，还会洗碗、整理房间，甚至给钢琴调音。此外，它能不停地讲有趣的故事。真是一个完美无缺的用人。对N先生来说，美滋滋的日子开始了。

可是，刚过了两天，情况就有点让人摸不着头脑了。机器人突然不动了。即使大声命令它，或是敲它的脑袋，都无济于事。问它为什么罢工，机器人也不回答。

"哎呀，好像出毛病了。"

N先生无可奈何，只好自己烧饭做菜。可过了一阵子，机器人又像往常一样开始干活了。

"看来不让它偶尔休息一下是不行的。"

情况好像并非如此。第二天，机器人擦玻璃的时候，工作到一半就溜掉了。N先生连忙追上去，可怎么也抓不住它。N先生想出了种种办法，最后费尽心机挖了一个陷阱，才好不容易把机器人捉回来。他试着给它下命令，机器人好像忘记了刚才的闹剧，又出色地干起活来。

"真是莫名其妙！"

尽管N先生觉得奇怪，但这里是一座孤岛，没法向博士问个明白。机器人每天都会搞出点事情来。这次它突然变得狂暴，挥舞着胳臂追过来。N先生只好逃跑。他浑身是汗，不停地跑啊跑。最后，他爬到一棵树上躲起来，才逃过一劫。不久，机器人又恢复了正常。

"它是想玩捉迷藏吗？不对，它一定是身上哪个地方出了问题。我买到的是一台有问题的机器人。”

在这样的状态下，一个月过去了。N先生登上前来接他的船，回到城中。

他立刻去找了博士，大发牢骚：“太过分了！那台机器人每天不是出故障，就是发疯！”

可是博士心平气和地回答道：“那是好事啊。”

“好什么！快把付的钱还给我！”

“请听我解释。我当然可以造出既没故障也不发疯的机器人。可是，如果和那样的机器人生活一个月的话，您要么因为运动不足变得身体过胖，要么因为不动脑子变得思维迟钝。那可就麻烦了。所以对于人类来说，这样要好得多吧。”

“原来是这么回事。”N先生自言自语道。

他好像明白了，好像又有点不满。

夜幕下的奇尔星人

那台机器人造得真不错。它的外形是一个年轻的姑娘，从外表上看可以以假乱真。机器人的脸上一直是一副快乐的表情，不过头脑不是很灵光，只能说简单的几句话。然而，这已经够了，因为机器人只要站在郊外一个游乐园的门边迎宾。

白天的时候非常热闹。园里响着音乐，形形色色的人跟机器人打招呼，它很忙碌。

可现在夜深人静，没有来往的行人，机器人默不作声。这时，从阴暗处突然冒出了一伙陌生的家伙，把机器人围住了。他们一个个有着紫色的脸庞和又大又红的眼睛，不像善类。他们腰上还佩带着武器一样的东西。

“反抗只是徒劳。我们是从奇尔星来的。”

其中一个家伙话音未落，机器人就用温柔的声音说道：“各位远道而来，欢迎光临！”

“别故作镇静。我们是来侦察地球的。我们先把飞碟停在上空，从那儿用望远镜进行了观察。我们还接收无线电和电视信号，掌握了一些语言。不过为了完成一份完整的报告，我们必须对地球人做更详细的调查，因此着陆于此。反正，我们早晚是要占领这颗星球的。”

“好的，衷心欢迎各位！”

“这太不可思议了！她好像一点也不害怕。是因为她没睡醒，还是不把我们当一回事儿？稍微吓唬她一下看看！”

这群奇尔星人拉开架势，不敢大意。他们挥舞着像鞭子一样的长棍。

棍子打下去，机器人不但满面笑容，还快活地说道：“谢谢！”

“怎么回事？她好像没有任何感觉，还道谢！用别的办法试试看。我们必须发现地球人的弱点！”

可是，不管是对她射出强烈的光线，还是喷出难闻的气体，她都和刚才一样。

“谢谢！”机器人重复着这句话，还时不时微微鞠躬点头。

奇尔星人面面相觑，讨论起来：“不行啊！不管动用什么样的武器，好像都没效果。”

“啊，地球人也许就是一个没有恐惧感和疼痛感的物种吧。这是非同寻常的劲敌，真让人毛骨悚然啊！”

“不对，地球人是不知道战争，热爱和平的种族吧。我们刚才那样欺负她，却未见她有丝毫反抗的行为。这个星球上住着这样善良的人们，而我们却打算占领它，真让人无地自容啊！”

“不管是哪种情况，我们还是就这样撤离为好。”大家一致赞成这个意见。

机器人向开始撤离的奇尔星人道别："你们这就回去了吗？欢迎再来！"

奇尔星人登上隐藏在树林中的飞碟，飞上了天空。飞船以极快的速度悄无声息地远去了。就算有人眺望夜空，肯定只会把它当成一颗流星。

不久，天亮了。人们纷纷来到游乐园。又可以听到人们的欢声笑语了。

机器人好像什么也没发生似的，每当游客向它打招呼时，重复着那几句简单的问候语："欢迎光临……衷心欢迎……谢谢……欢迎再来……"

新任总经理

科长N先生是个中年男人。他所在的科室负责销售宇宙旅行者专用包。他坐在自己的办公桌前浏览文件。

这时，桌上的内线电话响了起来。

“总经理找你。听说是要了解工作进展情况。”

“好，我这就去……”

N先生一边站起来一边想：糟了，被总经理请去，对谁来说都不是一件高兴的事。新总经理上任以后，N先生的日子愈发难过。然而，他又不能逃到一个地方躲起来。

N先生拿着一摞文件朝总经理室走去。半路上他与生产部的部长擦肩而过。从部长闷闷不乐的脸上可以推测出他刚去过总经理室。N先生站在门前，深呼吸了一下，敲了敲门。

“进来！”

“听说您找我……”

N先生走进总经理室，立正，鞠躬，并致以问候。由于上一次被总经理提醒鞠躬时幅度过大，今天他只微微欠身。可是，坐在大椅子上的总经理看到之后，还是发了脾气。

“喂！头再稍微低下去一些，上身向前倾斜30度！我喜欢准确的30度。再来一遍！”

“好的，十分抱歉。”

N先生重新鞠躬。总经理木然地看着他。总经理哪怕稍微把员工当人看一点也好啊，可他把员工当什么了呀?！他一边在心里抱怨着，一边不停地重新行礼，终于做到了让总经理满意的30度鞠躬。

“对，那样就好！别忘了刚才的动作要领。接下来，我要听听你的工作报告。”

“好的。那我就和前一阶段做比较，汇报一下本阶段的计划安排与目标达成情况……”

N先生翻着文件，依次汇报。总经理一边点头一边听。听着听着，他抬手打断了N先生的话。

“喂，你刚才说的是55%，这个数字准确吗?”

N先生慌忙重新查看文件，果然如总经理指出的那样，他搞错了。

“实在对不起！是54%。”

“这样的错误是不允许犯的！”总经理毫不留情地大声警告道。

N先生用战战兢兢的语气道歉。

“确实是我算错了，但您也不必这样大动肝火，仅仅差了1%……”

“什么1%！错了就是错了！”

“您说的对！但是，只要是人，都会犯错误的……”

“你这种观念不行！五个星期之前，你也犯过同样的错误。你是不是心理上有问题？找个时间让医生看看！”

“好的，遵命。”N先生老老实实鞠了一个躬。上身好像弯到了30度，总经理对此没有抱怨。

但他开始在别的事上提醒N先生。

“对了。最近你用在招待上的开销比较大啊，怎么回事……”

总经理明察秋毫，样样看得清清楚楚。当然，正因为如此，他才能当总经理。在企业里，高层管理者必须拥有过人的本领。

N先生辩解道：“这，这是因为要增加销售额。在进行商务会谈的时候，要招待分销商负责人，喝点酒什么的，创造友好和谐的气氛，在对方心情好的时候提出要求。我使用招待费的场合只限于……”

“不，没必要那么做。经费应该用在提高产品质量上。”

“我完全认同您的意见，可是您大概不知道……”

“别那么多废话！我的意见是正确的。从今往后，停止招待之类的活动。这是命令！明白了吗？明白就好。”

“遵命。那我回去工作了。”

N先生又鞠了一个30度的躬，朝门转过身去。这时，总经理叫住了他。

“喂，稍等一下。”

“好的。您还有什么事吗……”

“不好意思，能不能帮我清理一下耳朵？你讨厌干这个吗？”

“哪里的话，我很乐意为您效劳。”

“那就拜托了。工具在这儿。”

总经理坐在椅子上，N先生站在他的一侧，弯下腰去，准备开始清理。如果N先生拒绝为总经理清理耳朵，总经理就会耿耿于怀。在N先生忘记这件事的时候，总经理就会假借别的事情，把他数落一通。

N先生刚要开始动手，总经理说：“喂，那样不行。帮我把头罩拆下来。”

“是……”

N先生手拿螺丝刀，小心谨慎地拆卸下柔软的塑胶部分，接着用小型吸尘器把语音信号接收装置附近的灰尘吸出来。

N先生手上干着活，脑子里在想别的事。孩提时代，他经常听大人说，到了未来，谁都可以使用机器人悠闲自在地快乐工作。那真是一幅辉煌灿烂的未来图景，仿佛做梦一般。

可是现实情况呢？预言完全不靠谱！现实与美梦完全相反。我只是一味地按机器人的命令工作！

“怎么样了？那里不是有个出了问题的零件吗？帮我换掉它，动作要轻！”总经理说。

“好的……”

往里面看去，总经理的内部构造十分精巧，被很多小型装置塞得满满的。在这些装置的作用下，哪怕是鸡毛蒜皮的一丁点儿小事，总经理都会记住，而且永远不会忘记。

如此可恶的总经理再没有第二个了。N先生虽然也抱怨过前任那个人类总经理，现在却怀念起他来。

他想敲敲打打，破坏现任总经理脑袋里的某个东西。但是，果真那样做的话，就会受到严厉的惩罚，因为打造现任总经理所花的钱可是一个天文数字。

大股东们开会讨论之后，决定用机器人做总经理。无论哪个时代，昂贵的物品都是由上而下普及开来的。

最新款电话机

一天，N 先生登门拜访了有钱的 R 先生。R 先生很高兴地欢迎了他。

“欢迎欢迎，很久不见了！这边请！”

和往常一样，客人被领进的那间客厅宽敞又豪华。家具给人很有分量的感觉，墙上的装饰画非常优美，还摆放着价值不菲的花瓶。

然而，N 先生的目光却被角落里一个奇怪的东西吸引了。那是一个很难形容的东西，如果用一句话来概括，它是一个乳白色的球状物体，直径一米左右。

走近用手触摸，就知道它是用质地柔软的材料制成的，估计是非常前卫的艺术品吧。可是，这样的话，它就和周围其他陈设显得很不搭了。它也可能是家具，但不知是干什么用的。

N 先生很好奇，他终于问道：“你用来装饰房间的这个怪玩意儿，究竟是什么东西啊？”

R 先生露出满意的笑容，很高兴地回答道："我就知道你会问这个问题。我来告诉你吧，那是一部电话。"

"电话？" N 先生的眼睛瞪得圆圆的。

它怎么看都不像是一部电话。然而，R 先生却一脸严肃地点了点头。

"是的。因为价格昂贵，它还没普及到一般家庭。它是最新款的、非常棒的电话。"

"说到最新款，它是可视电话那样的东西吧？但形状又不像……"

"不对，这是更先进的机型。"

"那这是立体成像的可视电话吗？"

"嗯，差不多。这里面有一个设备，运转起来的话，它就可以变成通话对方的模样。"

"那不就像传说中狐狸、狸猫变成人一样！" N 先生虽然如此赞叹，但还是半信半疑。这个乳白色的物体真的会变成人的模样吗？

R 先生注意到 N 先生的疑惑，于是解释道："正如你所说的那样，人们从狸猫变成人的传说中得到启发，开发出这个产品。至于原理，我也不是很清楚。不过只要在实际使用当中它的功能能实现，用户也就没什么问题了。现在，我就当着你的面拨号。打给谁呢？那就打给我弟弟试试看……"

R 先生面向球状物体说出电话号码。一个像在呼叫对方的声音轻轻响了起来，暂时没有任何变化。可能是被呼叫方还没有接电话。

不久，那个声音停了下来，而且球状物体有了变化。它的各个部分慢慢有了颜色，有些部分变得像人体的肤色，有些地方变黑变蓝。形状也慢慢开始发生变化，变得越来越长。给人一种诡异的感觉。要不是 R 先生提前做过解释，N 先生一定会吓得瘫在地上。

差不多花了十秒钟，球状物体变成了人的容貌，是和 R 先生很像的弟弟——一头黑发，穿着蓝色的衣服。

弟弟张开嘴，说起话来：“哎哟，哥哥。你好吗？”

“啊，我酒喝多了，胃稍微受了点损伤。你小子好像很精神嘛。”R 先生回答道，两个人握了握手。

R 先生对 N 先生解释道：“就是这样。我现在的样子也通过电波传到了弟弟家，他那边也会出现一个和我一模一样的复制品。立体成像可视电话并不落伍，可是人的欲望是没有止境的，仅靠眼睛看的立体感渐渐不能满足人们的需求。因此这款电话就被研发出来了。这种电话究竟有多方便，让我来演示给你看。”

R 先生把眼前复制出来的弟弟当成对手，两人开始下起了国际象棋。这和现实中隔着棋盘面对面厮杀一模一样。

N 先生在一旁一边观战，一边自言自语道：“原来如此，这确实是一台非常棒的电话。没想到科技已经进步到能造出这样的东西了。”

不久，棋下完了。R 先生和他的弟弟彼此拍了拍对方的肩膀。

“再见！”两人互相道别。

因为通话结束了，弟弟的模样也就消失了，电话又变回原来的乳白色物体。蜡像受热大概也会像这样吧。

R先生说："下面，我拨电话到别墅那边。我太太现在在那里。"

R先生报出电话号码，物体开始有了变化。可是，它却没有变成他太太的模样，而变成了一个男人的形象。

R先生愤怒地说："你是谁！怎么能随便进入我太太的房间！快滚出去！"说着R先生朝他的腿上踢了一脚。

被复制出来的男人疼得跳了起来，也朝R先生的腿上踢了一脚，反驳道："你干什么！我是医生！你的太太发烧了，我接到通知之后，连忙赶了过来，刚刚开始给她问诊。请别捣乱！"

原来是一场误会。R先生一边忍着腿痛，一边不停地道歉。他还对妻子说了几句关心的话，随后挂了电话。电话又变回没有表情的球状物体。这种变化太神奇了。

N先生一边赞叹一边说："真是惊人的设备啊！"

"是啊，这个东西要是普及开来，世界会变得有意思得多吧。可是，就现阶段来说，这个设备的价格太高，通话费用也不便宜。"

正当两个人交谈的时候，电话里面发出一种铃铛一样的声音，好像有人来电话了。R先生往前一站，球体变成了人的模样。

一个男人板着脸说道："我是电话局的。您这个月的电话费还未交纳，请在本日之内完成支付。"

"啊，确实，我完全忘了今天是交电话费的截止日。不凑巧，我没有准备好现金。我明天肯定支付，请等一天。"

R 先生低头请求道，可是对方却摇了摇头。

“不行，我们没法等你。”

对方朝室内张望了一阵，当他看到花瓶后，把它抱起来走了出去。

N 先生望着他远去的背影，问道：“他要去哪儿？去干什么？”

R 先生一边抓头，一边解释道：

“他去当铺了，抵押花瓶后，用换得的钱付我的电话费。这是一种简单粗暴的催款方式。那个收款员是个死心眼，碰上这种性格的人，我也没办法啊。”

充满自信的生活

N 先生家里有一个叫作“咨询答疑机”东西。

机器大小介于衣柜与冰箱之间，可以说相当大。机器外部是银色金属外壳，任何时候都闪闪发亮。这不仅因为它材质好，也因为 N 先生十分注意保养，一旦有点脏，他就会马上拿布擦拭干净。

咨询答疑机的正面装了一个用来问问题的麦克风，以及一个用来回答问题的扬声器。除此之外，还安装了各种各样的东西。有很多小指示灯，有像计量器一样的东西，还有波浪形的显像管。机器的顶端还冒出一根天线。这些配置显得科学而精巧，给人一种气派的感觉。

但是，咨询答疑机身上没有旋钮之类的东西。它的使用方法非常简单。当不知该如何行动时，你只要按下开关，面对麦克风说明情况之后，问它：“这件事情我是做，还是不做？”

这时机器的内部就会响起类似蜜蜂低沉的嗡嗡声或钟表的

滴答声。同时，指示灯不规则地忽明忽灭。不久之后它就会做出回答。

它会用非常严肃的声音做出指示——“不应该那样做”或者“应该那样做”。

几年前，一家电机公司的业务员上门推销。N先生在他的劝说之下购买了这台咨询答疑机。尽管它的价格高得离谱，但他还是下决心买下了。之所以这样，倒不是推销员巧舌如簧，而是另有原因。

本来，N先生是一个优柔寡断的人，这种性格让他无法应对生活。哪怕是一丁点儿大的小事情，该做还是不该做，他都迟疑不决。由于这个原因，不管做什么事情，他都错失良机，总没有一个好结果。

因此，如果是很普通的一样东西，即便推销员费尽口舌再怎么劝说，N先生也不会当即拍板买还是不买。他会犹犹豫豫好几天，甚至好几个星期。

然而碰到咨询答疑机，就完全成了另一码事。N先生刚听完该机器的性能介绍，就心动了。这真是非常棒的机器啊，它能弥补我性格上的最大缺陷。对于像自己这样的人来说，这完全是一种必需品。N先生很快就决定购买它。第二天，货送来了。

这一天成了N先生人生的分水岭，他的生活完全变了样。从此以后，他每天都生活在一种极大的安全感中。拥有咨询答疑机后，他能自信满满地过日子了，再也不用瞻前顾后、闷闷不乐了。

虽说现在的生活无忧无虑，但这一切都是咨询答疑机带来的。江山易改，本性难移。N先生极为频繁地使用着这台机器。到了休息日，他会考虑是去山里还是去海边这样的问题。和往常一样，他犹犹豫豫，自己不能做决定。可是现在有了这台机器，只需对着麦克风问一下，问题马上就解决了。

“我有点儿想去山里面玩，到底要不要去呢？”

咨询答疑机开始响起复杂的声音。N先生搞不清机器内部进行了什么样的分析运算。

按推销员的解释是这样的：咨询答疑机通过捕捉说话人声音波长的变化，大脑输出的微妙电波，以及当天的气象条件，等等，将它们整理成数据资料；然后机器对所提问题的内容进行详细调查，通过内置的性格解析器进行分析；再通过安全指数统计、概率计算等一系列程序，最后做出回答。

N先生对科学不怎么了解，他只记得设备的性能和使用方法，但这样就足够了。

“应该那样做。”

如果机器这样回答，他就会去山里。由于早做决定早出门的缘故，N先生可以在山里不慌不忙地游玩。

“不应该那样做。”

一旦机器做出这样的指示，N先生就会去海边。当自己不是很想去海边的时候，他会重新再问。

咨询答疑机有时让他去海边，有时让他在家休息。不过不管是哪一种情况，N先生都很满意。咨询答疑机不会敷衍塞责，随便给个答复，因此，N先生确信自己处于最佳状态。

N先生在公司时的工作状态也突然完全改变了，这让他的同事和熟人都深感惊讶。

不管碰到什么情况，N先生都遇事不惊，没有烦忧。他会说："给我一天时间想想就好。"果不其然，到了第二天，他就果断地做出了决定。

"你忽然变成了一个自信满满的人，这究竟是怎么做到的？最近再没见过你抱头苦思的样子了。"

别人会这样问他。

这时，N先生笑着答道："我也没什么绝妙的方法啊，就是保持良好的心态吧。"

他只能用这种含糊不清的方式回答，万不可说出实情——多亏了家里有一台咨询答疑机。然而，一边微笑一边这样回答，别人反而愈发尊敬N先生。他们认为他在暗自修身养性。

N先生把咨询答疑机藏在里屋。要是他认真发问时，被突然造访的客人看到可就麻烦了。另外，就算没被当场撞见，如果被人再三追问那是什么机器的话，他也会招架不住。要是老老实实回答，别人就会知道自己是依靠机器来弥补不足，那他会颜面扫地，无脸见人。

N先生样样依赖机器，对它言听计从。当碰到棘手的难题时，只要机器发出"应该那样做"的指令，N先生就会鼓起勇气，直面困局。而且，在大多数情况下，他都取得了良好的结果。

同时，虽然有些事情一看就知道应该去做，操作起来也很容易，但只要被机器告知"不应该那样做"，N先生就会毫不迟疑地打消念头。

至于机器为什么会发出终止执行的指令，N先生也试过猜测其中的理由，并认真地重新检视自己的做法。不久，他就注意到有被自己忽略的更好的解决办法。要是没有这台机器，这些灵感是不可能被激发出来的。

在购买这台机器之前，为了做出最终决断，N先生碌碌无为地虚度了很多光阴。但是现在，做决策的这一部分由机器来承担，他可以把节省下来的大把时间用在工作上，在保质保量的基础上提高了效率。

如此一来，N先生在迈向成功的大道上阔步前进。他家财万贯，这是他一切都相信那台机器并遵照其指示办事的结果。他对咨询答疑机的信赖程度越来越高。也许，用信仰这个词来形容更恰当。

N先生虽然知道该机器的可贵之处，但有时也会禁不住好奇。他暗自思忖：这台了不起的机器里面到底是什么？

然而每当有这种想法的时候，他都强压着自己。他想起了自己在购买这台机器的时候，推销员说的话。

“机器里的构造极为精密，也非常微妙。请您不要用非专业的手段胡乱倒腾。当您想改变位置的时候，也请尽可能地轻轻移动。一旦您敲击、震动它，或让灰尘进入机器内部，机器的性能就会紊乱，造成严重的后果。”

“发生故障的时候怎么办呢？”

“万一出现灯不亮或者没有应答声的情况，不要随便打开机器内部。请立刻联系我们。总公司会把它运走、修理，并很快返还给您。”

N先生一直遵守着这些注意事项。也许是因为他在使用时特别爱护，机器直到现在也没有发生过故障。另外，就算他很想窥视里面的结构，机器的外壳非常坚固，不是随随便便就能打开的。

然而，好奇心一旦萌发就不会消失。它像滚滚而来的大浪一样，时起时伏。而且有时候，这种好奇心强烈到完全控制不住。N先生就是想亲眼见一见给自己带来好运的机器的内部构造。

有一天，N先生的好奇心高涨到了极点。想窥视其中秘密的冲动突然向他袭来。

刀片之类的东西无法对付金属外壳，但使用高热火焰喷射器对它进行热切割是可以做到的。

切开外壳后，N先生提心吊胆地窥探着，里面的构造并不像外观那么复杂，看似复杂的部件一个也没有。不仅如此，就连机械知识贫乏的N先生也能看明白它的工作原理。

机器内部只有一枚硬币。按下开关的同时，硬币会轻轻向上弹起。硬币落下之后，如果正面朝上，录音机就播放："应该那样做。"如果反面朝上，录音机就播放："不应该那样做。"

至于灯泡忽明忽灭也好，发出"滴答滴答"的声音也好，这些和答疑都毫无关系。它们只是做做样子，制造氛围。

"这太过分了！简直就是欺骗！原来我一直像傻子一样被人愚弄啊。"

N先生呆若木鸡。这时，有人从门缝里溜了进来。他就是曾经的推销员。然而，此时他现身并非出于偶然。咨询答疑机的外壳一旦遭到破坏，就会自动发出电波信号。总公司一旦收到信号，就会火速派人来处理。

那个男人悄悄靠近N先生，对着他的脸喷了药水。这是一种麻醉药，能让人暂时睡过去。在睡眠期间，该药还能消除偷看内部构造的记忆。推销员一边自言自语，一边修理被破坏的机器。

“我们公司的售后服务真是无微不至。买这些设备的人个个都得到了幸福，踏上了成功之路。如果放任知道了机器内部秘密的人不管的话，他们又会回到从前的状态，变得不可救药。”

修理工作很快结束了。推销员没有留下任何痕迹，撤离了现场。

当N先生恢复知觉时，咨询答疑机恢复了原来的模样，窥视机器内部构造的事情也被他忘得一干二净。也就是说，一切恢复到了之前的状态。

“哎呀，我好像不知不觉睡着了……”N先生一边打着哈欠一边说道。

在这之后，他还和平时一样，按下开关，向机器咨询问题。

“不知怎么回事，觉得心里怪怪的。我想去酒吧散散心，不知行不行？”

这台值得信赖的、宝贵的设备，用严肃的声音做出了指示：“应该那样做。”

星／新／一／脑／洞／小／说／集

《人造美人》结集星新一39篇作品，包含《人造美人》《生活维持省》《被热恋的男人》《身份识别机》等。这些短篇题材新颖、知识新鲜、想象新奇，结尾出乎意料；同时立意深刻，读罢让人不禁反思。

酒吧老板用美女机器人招揽生意，并把她喝过的酒回收再利用，有一天突然发生了意外……

未来和平安宁，安稳的社会让人口有增无减。每天，生活维持省都要通过计算机系统选出一些人承担死亡的义务……

博士发明了一种让对方自动爱上自己的药水，他能如愿尝到恋爱的滋味吗?

身份识别机被发明出来，再也没有了弄虚作假的事。可社会上的身份识别机接连故障，人们互相猜疑起来……

星／新／一／脑／洞／小／说／集

《喂——出来》结集了星新一31篇作品，包含《喂——出来》《小偷公司》《爱的通信》《漫长的人生》《妖精配给公司》《午后的恐龙》等。这些短篇题材新颖、知识新鲜、想象新奇，结尾出乎意料；同时立意深刻，读罢让人不禁反思。

村庄出现了一个神秘的洞，无论填多少垃圾都填不满，直到有一天……

小偷公司正在策划一起偷窃行动，目标是去往情妇住所的一个富人的钱包……

一个研究宇宙语言学的男人非常没有女人缘，他绝望到给宇宙发了一封电文。没想到，真有外星女人给他回电了，还主动要来地球见他……

科学的发展让人类的寿命大幅度延长，但这让升职变得尤其困难。于是，有人想出了一个计策……